豆瓣阅读

总有一句歌词打湿你心

There is always
a lyric
to impress you

十三 著

浙江文艺出版社
Zhejiang Literature & Art Publishing House

人生理想是以文养己。

我们都一样，经常不知所措，对着山谷问为什么。抱歉我不是一个能给答案的人。但是，如果你不介意的话，我们可以坐在一起，等待答案。

——十三_接地气

豆瓣阅读热门专栏《总有一句歌词打湿你心》，于二〇一四年二月十一日正式上架发布，全部内容均收录于本书。

念念不忘，必有回响。

选择夜里循环一首温暖的歌，读十三。

——艺璇

The fundamental things apply, as time goes by.

时光流去，旧事常在。喜欢这标题，

总有一句歌词打湿你心！

——Miss app

目 录

contents

总有一句歌词

Lyric

打湿你心

Heart

////

c h a p t e r 01

我这句语气原来**好像你**

/

不就是我们**爱过**的证据

/

Unfortunately not you

《可惜不是你》

可惜不是你

陪我到**最后**

曾**一起走却走失**那路口

感谢那是你

牵过我的手

还能感受那**温柔**

感谢那是你

牵过我的手

还能**温暖**我胸口

电影《天下无双》结尾有一段独白：

我没有想到，当我再见到她的时候，她已经变成另外一个人。她一直重复我的话，她以为她自己是我……我终于明白镜花水月是什么意思，其实情之所至，应该你中有我，我中有你。

二〇一四年，我接了一家杂志的情感专栏，形式是大家坐在一起“八卦”，八卦什么就是什么。为此，我开始更加活跃地组织和出席各种饭局。

饭局是一种滚雪球似的社交活动，只要你有热情和闲情，参加者必然越来越多，人们告诉人们，带来他们的朋友、同学、同事、恋人、老公或老婆。俗话说，酒越喝越厚，“八”来“八”去，不免一不留神掏了心窝子，再相聚时，对彼此的了解便更深一层。陌生人混成了恋人，普通朋友混成了至交，情侣混成了夫妻。当然，恋人退回去做朋友或朋友也做不成的，也不是没有，只不过契机未必是饭局。

分了手的人，在彼此生命中留下的印记，必定会随着时间褪色，但有些东西还是会固定下来，只是我们自己未必察觉。懂水晶的人说，之所以说粉水晶象征爱情，是因为一对恋人佩戴粉水晶走在一起时，形成的气场是浅红色的心形。这么说来，朝夕相处和悦纳之心也是一种气场，处在场中的两个人，即使有一天各走一边，依然难以彻底洗去相濡以沫的气息。

真正能“八”得深入、“八”出水准的饭局，当然属于相伴多年的男女闺密们。比如：无论你是已婚还是未婚，来说说你可曾遇到一个人（估计也有多个人的），本来一切OK，突然出现一个坎儿，说什么也过不去，就分开了。两个人像是本来牵着手出门，却被闹市的人潮冲散，再也找不到彼此了。

有吗？当然有。

有人说上大学的时候遇见过，参加大学生辩论赛的时候认识的，金风玉露一相逢，双方父母都见过了，大学毕业，同在一个城市的工作也签了，却因为房子买在哪儿之类的问题吵了一架，分开了。他现在在哪儿？不知道。他在做什么？不知道。后来就再也没有联系了？对。那么……其实你是为了他来的这儿，分手了也没回去？对啊，工作都签了，怎么走啊。

大家都觉得不真实。

七年了。她说有时候想想他的样子，已经不大清晰。关于他，脑中最深刻的是两个形象：辩论赛上，瘦高如旗杆一样的他穿着略显宽大的西装，踌躇满志，侃侃而谈；她第一次去找他，他站在出站口，又高兴，又紧张，两只手接过她的行李，语速极快地碎碎叨叨。行李很重，她要帮忙，他说什么也不肯。风吹过来，他汗湿的T恤粘在身上，一条条肋骨都看得清。

她说，他不是那届演讲中表现最突出的，可每说到激昂处，他都会做一个手势——两只手臂抬到胸前，手掌错开相对，一前一后，像在打咏春。当年她看了，莫名心动，觉得有侠气。

就在几天前，她代表公司站在主席台上做报告，事后回头看录像，发现自己在后半段也一直在打咏春……七年了，她突然想起他，不知道他此刻在哪里，是不是还那么瘦，有没有女人为他购置合身的西装，他有没有再因为怜惜而咬紧牙关为她提着重物。

感慨一阵，又释然。老辣的人们都明白：年少情怀嘛，没有结果也正常。

一个人始终不说话，安静得反常，只把桌边的酒杯拿起来，在手中一圈圈缓慢转动。葡萄美酒夜光杯，靡丽鬼祟的流光。要散席了，她才说：我跟××分了。

你们不是要结婚了吗？

不是吧！

那你现在住哪儿呢？

……

炸了庙了。她挂着点儿笑，不说话。

终于有人问：为什么？

她咬咬嘴唇：我出轨，他发现了。

众人的表情都僵着。

她说，前几天他帮她打包，一样一样，仔仔细细，两人共用的，他都给了她。弄了几大箱子，都累了，一人一头歪在大床上。她突然说了一声“哦，对不起”，坐起来，把钱包里他多年来交给她保管支配的银行卡悉数归还。

他没着急把东西接过来，问她：你当时……到底怎么想的？

她笑笑：没什么，我疯了。

你喜欢他吗？

她摇摇头。

那是我对你不好吗？

她还是笑笑：你对我很好，是我对不起自己。

说完了。每个人都沉默，连呼吸都显得尴尬。好一会儿，终于有人说话：你为什么？

她说：就是头脑一热。

问的人更激动了：你们分开的时候，你干吗不说几句好听的？

她继续转动着酒杯，光一闪一闪映在她的脸上。她的话慢悠悠的：刚在一起的时候，我是个㞞包，受了不公的对待也只敢回家咬着被子哭，不敢跟人有冲突，一着急就结巴，一个字都说不出来。他总跟我说：你得硬气一点儿，情绪波动大的时候，试着慢慢说话，努力让自己微笑，这比大喊大叫更有力量。他要我多多练习，说他过去也很胆小怕人，就是这样好起来的。后来，我按照他说的调整自己，真的有改变。他说我爱哭这点也要改，心不能太软，眼窝子不能太浅，哭有什么用？即使做错了，也要咬牙坚持——不是坚持错误，而是承受错误带来的后果，这才是一个成年人应该做的。他大我七岁，比我阅历丰富，比我沉稳，比我聪明，他说的话我都信，只要是他觉得好的东西，我就觉得好。我们俩出了这次事之后，不是没聊过，但既成事实，聊能解决什么问题呢？有时候是我在原地转，有时候是他在原地转，所以我想，算了，事已至此，何必柔软。

说这一大段话的时候，她始终盯着手中转动的酒杯，像怕松手就会被人夺了去。过去每次饭局，都是她不停地说，手舞足蹈，他只是听，偶尔补充一两句，长长的手指一直转动手中的酒杯。

c h a p t e r 0 2

The fundamental things apply

（真实**永恒**不变）

/

As time goes by

（任时光**流逝**）

/

A s t i m e g o e s b y

《任时光流逝》

总有一句歌词

Lyric

打湿你心

Heart

////

Moonlight and love songs – **never out of date**

（月光和恋歌**决不会过时**）

Hearts full of passion – jealousy and hate

（心中总有激情充满，嫉恨万端）

Woman needs man – and man must have his mate

（男人需要女人，女人需要男人）

That no one can deny

（这个**谁也不否认**）

The world will always welcome lovers

（世界总是欢迎情侣）

As time goes by

（任时光流逝）

据说在“伦敦最佳情侣”的评选中，英剧《神探夏洛克》中的两位男主角福尔摩斯和华生光荣夺冠，大胜威廉王子和王妃。我选了这对英伦组合的一张主题壁纸做电脑桌面，除了二人含情脉脉的对视外，画面上还有一段《任时光流逝》的歌词：

You must remember this:
A kiss is still a kiss,
a sigh is just a sigh,
the fundamental things apply,
As time goes by.

作为一个情感类写手，除了选择的题材非常浅薄之外，最为人所诟病的就是“我有一个朋友”的恶俗角度，我也很为之苦恼，却始终没有找到很好的解决办法。所以，即使冒着被问“你有这么多朋友，你家里人知道吗”的危险，我依然只能延续一贯的老套开头：

我有一个朋友，在一个冬去春来辞旧迎新的时节，她与许许多多别人的朋友一样，正在分手。

我的朋友是个女汉子，偏偏又找了个男汉子。这两个人爆发冲突的频率基本跟整点新闻的播出频率差不多，围观他们打斗吐槽和好再打斗再吐槽再和好的观众的心态也跟看整点新闻差不多，没有人真的走心。中国的民间智慧有许多看起来非常像伪科学，实际操作性却很强，比如“打是亲骂是爱”，越是吵得欢的越分不开。

可俗话也说了：常在河边走，哪能不湿鞋。又一次吵架之后（管他是因为什么呢），女汉子组织大家 K 歌冲喜，酒过三巡，某潜伏已久的“备胎”突然发力，当众单膝跪地，希望女汉子给个机会与他交往。

女汉子已醉得星眼蒙眬，开了一瓶啤酒在手：“喝了再说！”

满世界弥漫着唯恐天下不乱的诡谲气息。在这有望扶正的决定性时刻，在乌合之众“在一起”“答应他”的起哄声中，备胎先生舍我其谁，举头将啤酒一饮而尽。大概是气氛太好，备胎先生此时看起来又格外阳刚，女汉子给出答案：“我愿意！”

第二天宿醉醒来，没人问她是否记得昨晚说了什么，也没人问她怎么跟已被迫变成前任男友的男汉子交代，大家心照不宣集体假装喝断片儿。然而女汉子有别于软妹子，除了长相，大概就是性格中的坚硬。刚扶正的备胎打来忐忑不安的电话，她承诺道：放心，说出去的话泼出去的水，我这就去跟他分手。

习惯了刀兵相见的两个人转型大演哭戏，其情其景恰似成龙大哥跟小萝莉狂卷一帘幽梦，很容易激起生理不适感。女汉子欲语泪先流，已变成前男友的男汉子不明就里——不就是又吵了一次架嘛，至于哭得如丧考妣吗？而我们只能想象，当他终于在她断断续续的描述中听明白事情原委时，脑中该浮现怎样一幅背后插刀的画面。

多少纠结，终于了断。这天扫屋，女汉子发现前男友的不少日常用品都在她这儿，别的也就算了，可他家的钥匙还在，移动硬盘里不少工作资料，都该一并送回去。见面肯定尴尬，打电话又嫌唐突，其他社交联系方式已全部删除……以她对他的了解，想不如趁哪个他应该不在家的时段送回去，走前把钥匙留下，放张便条，最是两厢干净。

去的那天，偏偏他在。她开门进来，两人都一愣。

她赶紧掏出移动硬盘、钥匙以及写好的便条澄清来意。前男友听她解释完，只一句话："好好跟人家相处，别总像个孩子似的。"

每次女汉子回忆那天的场景，画面的重点都是他的表情，言而总之是：怎么是你——真的是你吗——居然真的是你——你终于回来了——我好想你——我不能让你看出我想你——我得说点什么——我说什么呢——我说这个是不是特傻——啊我到底在说什么呀……诸如此类。其实我国的语言文字如此丰富细腻，以上种种完全可以一言以蔽之：百感交集。

前不久一个飞着细雪的晚上，我开车送她回家。车到楼下，她坐着没动，问我是否可以陪她在车里坐一会儿。

我笑："看雪啊？"

她也笑："对，看看雪。"

她提起前男友，说即使是到楼下吃一碗面，他也要牵着她的手。她觉得腻歪，甩开，他抓过来。再甩开，再抓回来。她说他烦，可心里是受用的。

她说每天最开心的时刻，就是傍晚都下班了，两人挤在单人沙发上，亲近得没有距离，像是变成一个人了。随便说点什么，互相看着，没心没肺地傻笑。天一点点黑了，阳光一步一晃，从顶楼落在地面，终于不见。

"晚上想吃什么？"絮烦得差不多了，他问她。

"也不是总在吵。"她有点儿难为情。

当然，由浓到淡的相处，总有暖心细节黏着我们流连在彼此身边。

她解释为什么在今天想起这些。他跟她认识不少年，始终是不咸不淡的普通朋友，都知道对方个性强，不适合，谁也没往前迈一步。在一起的契机，是有一天散席晚归，正好顺路，她开车带他一段，突然下雪了，就是眼前这种细细的雪，很轻，像扫不起来的泡沫碎屑，被风一带就横着飞起来，有点儿吓人。他让她停车，说路这么滑，不放心她一会儿自己开车回家：“还是我送你吧。”

“每个雪天都想起他。”她说。

车窗外的雪已经下大了，硕大而密集的雪片很端庄，也很安静。我的女汉子朋友的这段故事，到底与许许多多其他的朋友的故事一样，成了往事。

大龄微胖女青年金三顺说，爱情本来就是幼稚的。从前我有一个朋友，幼稚地与人相爱，幼稚地争吵分开，又幼稚地在特定的天气里念念不忘……与吃饭睡觉加班打豆豆一样，这些故事浅薄而简单，却横亘在我们每个人的平常日子里，不可逾越。

那段《任时光流逝》里的歌词，我试着把它翻译过来（势必不怎么准确）：

你须记得，

一个吻还是一个吻，

一声叹息就是一声叹息。

时光流去，

旧事常在。

总有一句歌词

Lyric

打湿你心

Heart

////

c h a p t e r **0 3**

而夏天还是**那么短**

/

思念**却很长**

/

I also miss him

《我也很想他》

星星**骗了**我们

我们却因此**上了一课**

成长必修的学分

我也很想他

我们**都一样**

在他的身上

曾找到**翅膀**

只是那时的他

是因为你他**开始飞翔**

这年夏末，她受邀参加程九的婚礼。

刚进大厅就见一帮同学向她挥手，过去坐了。大家正交换对程九的印象：本来特别开朗的女生，大三那年突然变得沉默寡言，考研去了外地一所大学，从此彻底跟同学断了联系，后来听说出国了。留学吗？全奖半奖？不清楚。那是去给洋老板打工了？不知道。不会是移民了吧……

关于程九的消息，全都来自“听说”和“据说”。有人问她：“上学的时候你俩最好，你总知道点消息吧？”

她诚恳地摇头。在接到程九的电话之前，她们已经失联七年。这个人，这个电话，这个婚礼，都在她的意料之外。

一个挺着大肚子的女生走进大厅，收了伞，有点儿狼狈：“这什么天儿啊，刚才还晴空万里的，突然下大雨，我鞋都湿透了！”

她第一次见到程九是在新生报到处。南方的夏末闷热难挨，来自北方的程九满头大汗，从背包里抽出一根洗过的、带着水珠的黄瓜，旁若无人地啃起来。报到的长队里，她恰巧排在程九身后，见这啃黄瓜的架势，知道一定是老乡，于是主动打了招呼。程九大乐，从背包里掏出一个硕大的西红柿递给她。

报了到，她们扛着铺盖去寝室。沿途经过篮球场，男生们正为了把一个篮球扔进筐子里而拼杀不休。所谓命运，无非如此——她随便瞄一眼，就看到坐在场边休息的他，汗水湿透了短发，温润的额头在阳光和树叶的掩映下发着光。在目之所及的男生中，唯有他镇定自若，是闹中取静的气质。

她脸一红，快步跟在程九身后走过去了。

大一是没完没了的迎新活动，她很快知道他叫陈七，跟她在同一个学院。程九像姐姐一样照顾他，二人很快形影不离。学院大课上，陈七要么逃课，要么趴在最后一排睡觉——他是体育特招生，只在篮球场上生龙活虎。

篮球场是出入寝室的必经之路，而陈七是篮球场上晨钟暮鼓一般的存在，宣告着她大学生活每一天的开始和结束。有那么几次，她想把自己的心思告诉程九，又怕程九笑话，还是作罢。

这天，她在实验楼门口等程九下课，居然看见程九和陈七一同有说有笑地走出来，程九还为陈七拿着外套。她的心一下子揪紧了，手脚全都成了多余物件，抖来晃去，不知道该放在哪儿才好。他二人在实验室门口告别，程九向她走来，手臂上依然搭着陈七的外套。

她强忍着没提问，但程九是个肚子里搁不住话的。“刚才别提多吓人了！我一不留神，啪一下把烧着的酒精灯碰翻了，火苗哗一下就蹿起来了！完蛋了！眼看就要烧到……”程九手舞足蹈，陈七的外套在她手臂间上下摆荡。

别说着火，就算当下马上被炸飞，她也不挂在心上，她眼里只有陈七的外套，针一样一下下戳着她。

“我当时就傻了！幸亏陈七一个箭步冲上来，把外套脱下来往桌上一盖——火灭了。”

程九满眼光闪闪的，但很快又黯淡下去：“不过你看，外套烧了个洞。他说这外套穿了好多年正好扔了，我就给拿来了，其实主要是想看看尺码，哪天赔给他一件。”程九把外套后背上的破洞指给她看。

她一颗心这才落地。

一起给陈七挑外套的那天，她们左看右看，始终拿不定主意。她本来怕程九因此察觉她待陈七不同，好在程九什么都没说。

时间很快过去了。她和程九依旧形影不离，而陈七依旧每天晨钟暮鼓于篮球场。一天又一天，她看见陈七穿着她和程九挑的衣服趴在教室最后一排睡觉，心里是满满的幸福和空空的失落。

大二夏天，在自习室备考。窗外风云涌起，山雨欲来，她才想起今天台风过境，只是早上太晴，没放在心上。

“糟糕，忘带伞了。”她嘀咕。

“这种雨打伞有什么用啊？”程九笑她。

可不是，她也笑自己。程九说：“我家在山里，小时候我最喜欢迎着大雨跑，特别爽……咱们俩跑回寝室吧。”

她还是有点儿犹豫，程九又说：“这样吧，跑过去之后我告诉你一个我的秘密，怎么样？”

正在此时，窗外的大雨唰一下砸落下来，整个世界像是开了锅，给程九的秘密增色不少。她受了鼓舞：“好，那我也告诉你一个我的秘密！”

电影里常有这样的情节：两人身上拴满绳索，蜘蛛侠似的站在蹦极台上，跳还是不跳，总要反复纠结。她站在教学楼门口望着雨的时候，同样在踌躇与激越间摇摆不停。雨太大，已经看不清远近的建筑，程九说得对，这种雨，打伞根本没用。

程九全无犹豫，拉住她的手：“跑吧！”

跑进雨里跟蹦极一样，开弓没有回头箭。不辨方向，没有转圜，分分钟全身淋透，打退堂鼓已毫无意义。大雨吞没视听，只剩下哗哗的声响，像是电台调错了波段，循环往复地哗哗哗、哗哗哗。一切琐碎和累赘都销匿了，没有怯懦，没有害羞，没有患得患失，像一块冰冲向太阳，像一朵浪花汇入大海，融于喧嚣，融于汹涌，融于温暖。

在自觉已然光芒万丈、无所畏惧的时刻，她停下来拉住程九："我的秘密是——我喜欢陈七！第一眼看见他，我就喜欢他了！"她在大雨中冲程九声嘶力竭地高喊，瞬间通身都是虚脱的轻松。

程九的眼睛被大雨打得睁不开，她不住地把被雨水打落在脸颊的头发向后拢，"好！我帮你追他！"

在这之后，程九搜罗了种种或高明或蹩脚的秘籍协助她向陈七展开攻势，可他迟迟没有回应，她的心也越来越冷。这天是陈七的生日，她埋伏在篮球场边，打算做最后一次努力。可当她心如鹿撞地站在陈七面前，他却问她："就你自己吗？程九呢？"

这天晚上，两个人坐在篮球场边上说了很久的话。这在她本来算是阶段性胜利，可惜陈七不过是在剖白他喜欢的是程九，托她问问程九的意思，希望能得到一个答复。

她万念俱灰地在校园里转了几圈，终于回到寝室，老远就看见门口转来转去的一个黑影，是程九在等她的消息。"怎么样？表白成功了没？"程九眨着亮闪闪的大眼睛，满心期待。

她第一次这么讨厌程九的大眼睛，讨厌程九的活力四射，自信满满，大大咧咧，没心没肺。

"今后别跟我提陈七这个人。"她不耐烦地推门进寝室，爬上床铺，掀起被子盖住头，谁也不理。

自此之后，为了避开程九，她换了经常自习的教室，上课也刻意跟其他同学坐在一起，不给程九留座位，假期更没有结伴回家。大三开学后，程九突然忙碌起来，没日没夜地复习考研。她对程九的逃避，先是迁怒、怨怪、妒忌，后是愧悔和不知如何道歉、挽回，总之两人就这么一路冷下去了。至于陈七，既没有应允她的追求，也没有盼来程九的答复，从此淡出了她的生活。

七年了，电话里程九的语气自然亲切："我跟我老公都在美国读博，趁暑假回来办个婚礼，办完还得回去。如果有时间一定来呀！"

她也是在社会上打磨过的人，懂得用寒暄盖住双方的唐突不适："恭喜啊，一定到场！不过你还欠我一个秘密！"

程九一愣，说早忘了这回事，但她直觉程九是记得的。当年跑进大雨之前，程九允诺过会儿告诉她一个秘密，可后来她们都忘了这件事。她不过寒暄两句，让气氛别太尴尬而已。世事往往禁不住推想，曾经那么亲密的两个人，怎么就疏离到七年没有音讯，一朝通话，还要用多年前的老梗调节气氛？

程九和新郎来敬酒了。同学多年不见，都起哄要拥抱新娘。程九还是那么大方，一个个抱过去，到她这里，她小声提醒程九："秘密！"

程九沉默了一秒，在她耳边说："我的秘密跟你一样——

当年，我也喜欢陈七。”她脱离程九的怀抱，傻愣在原地。

窗外的雨越发大了，婚礼背景音乐也盖不住它的哗哗哗、哗哗哗。她不复有冲进雨中的勇气，坐在人群中等雨小一点儿再走。自责也罢，遗憾也罢，悔恨也罢，此刻都嫌无用，道歉更是虚假。她只是突发奇想：如果当初自己有程九一半的心胸，今天的新郎说不定会易主吧。

一身亮红色礼服的程九和新郎正在另一桌敬酒，眼里光闪闪的。身边的同学说：“这场雨下过之后就是秋天了，一场秋雨一场寒啊。”

c h a p t e r 0 4

有些事你现在**不必问**

/

有些人你**永远**不必**等**

/

The moment that I wake up

《梦醒时分》

总 有 一 句 歌 词

L y r i c

打 湿 你 心

H e a r t

////

文章、姚笛的婚外情为千夫所指，我不由技痒，也想做社会学家状研究一下“小三”生态。由于我的朋友圈里一个典型小三都没有，因此出师不利，遭遇了推门就是王屋与太行一样的致命障碍。

我：我想在歌词专栏写写小三，快帮我想想，一提到小三你们马上想到什么歌？

想我 NB 闪闪的女朋友们，不是主编就是总监，不是能叭叭说一下午废话不重样的人民教师就是有本事忽悠大客户猛掏腰包的什么什么代表，不乏有关部门的神秘人员，更有夫贤子孝永葆青春的家中仙妻，平均智商必须标准线以上一炷香，平均阅读量怒甩发达国家好几条街，平均收入暂时保密，对待该小儿科问题理应兰花指轻捻桃花眼一翻，分分钟给出三万个掷地有声的优质答案。然而我得到的都是些什么啊——

“终于你做了别人的小三。”

“小三的苦没有人知道，小三的泪谁也擦不掉。”

“小三也有情，小三也有爱。”

“恨你我恨你，如今我已做了小三。”

“你做了我的小三又当了他的小四。”

……

以上歌词分别来自《小三》《小三续集》《小三泪》《做了小三》《你做了小三又当了小四》。自从连续被迫听了《套马杆》和《新套马杆》之后，我已经有N多年没有受过这么强烈的刺激了。

算了，咱们还是说说化妆品、衣服、鞋子，顺便吐槽一下男人再骂骂老板吧。

大家的智商终于恢复正常。一个朋友说，她已被猎头相中，即将杀入某高大上行业，我们集体为之鼓与呼，并陪她忆苦思甜——要知道，在十年的职场生涯中，她伴君如伴虎，仿佛参加了《穿普拉达的恶魔》真人秀，常常后半夜还左手电话右手鼠标地奋战在为老板改签机票的光荣之路上。

“老板本来说情人节去上海跟小三过，结果他老婆突然要给他一个惊喜，从台湾飞过来了，哇！我在上海订的饭店、酒店全推翻，必须马上搞定老板在北京的情人节，还得想办法把上海的小三安抚好……那可是大年初五啊！”她把饮料里的冰块咬得咔嚓作响。

这是太多小说电影电视剧里见怪不怪的狗血情节，一个茶壶配几个茶碗，保不齐茶碗碰茶碗不是。这让我想起前几天读到的一段话，大意是：

对不起，我不能做你的情人。想想吧，一大早，我精心打扮，穿漂亮的裙子、高跟鞋，喷香水，做好丰盛的菜肴，可因为你妻子的行程临时有变，我就只能换上睡衣，趿拉着拖鞋，盘子塞进冰箱，独自入睡。这太屈辱了。所以，对不起，我不能做你的情人。

这段话颇有凄清的美感，跟广大婆媳剧中小三必须收获恶报的剧情严重不符。在每个卫视的八点档里，小三绝不能单纯可爱，绝不能心智正常，绝不能德艺双馨，绝不能安好无恙，绝不能衣锦还乡。如果她居然也是爹生妈养两只眼睛一个鼻子的泯然常人，则务必通过一系列人生变故苦其心志，劳其筋骨，行拂乱其所为，然后歇斯底里，永世不得超生。具体措施包括：让她流产，让她失明，让她车祸，让她滚楼梯，甚至直接让她死。看起来，在对小三的处理上，编剧们已经集体抱住了“善恶终有报小三必须死不是不死时候未到”的大腿。

真有人那么热衷于看到与逻辑不符的小三连环倒大霉吗？当然。广大群众对小三的仇恨可不是请客吃饭，不是做文章（啊好巧，又是文章），不是绘画绣花，不是那样雅致，不是那样从容不迫文质彬彬，不是那样温良恭俭让的。

我的一位辣妈朋友，肤白貌美，工作体面，与老公相恋十年修成正果，娃又美好得跟小天使一样，堪称万事如意，没有任何理由对生活握起拳头，永远和颜悦色。但在文姚事件之后，每天早中晚都可见她在朋友圈里刷屏，言辞激烈，情绪冲动，随处可见“万能插座”“滚粗不送”“怎么不死”，等等等等，要不是她配了自拍照在下面，我一度甚至怀疑她被盗号了。

不得不说，“小三”这个称谓比“破鞋”中性，比“情人”蠢萌，比“第三者”温和，相对出轨的男人直接被叫“渣男”，已经非常给面子了。作为必须捍卫家庭的人妻或者是在曾被插过一脚的家庭中长大的孩子，的确非常有理由对小三敌视之，斥责之，倘有猪笼、木驴、天灯在手，或早已经大刑伺候之了。

而那边厢，小三的代言人琼瑶奶奶，当年凭自传体小三文《窗外》出道，从此在为小三正名的大路上急速狂奔，《情深深雨濛濛》里的依萍，《一帘幽梦》里的紫菱，皆上演姐妹残杀式的夺夫大戏。至于自己小三上位的故事，人家琼瑶奶奶是这么说的：“若当时我退出是三人的不幸，我把这三个不幸变成三个幸福。”

一般情况下，正方甩出的投枪是道德，而反方挥出的匕首则是爱情。可惜无论道德还是爱情，都看不见摸不着，没有定义，没有边界，没有权威，可以固若金汤也可以谈笑间灰飞烟灭。因此，每当肥皂剧里的小三稍微眉清目秀而不是狰狞可怖，坊间就会打成一团，你用道德掴我一记，我用爱情扎你一刀。如果说道德本来是无能者的墓志铭，那么爱情也可以是无耻者的通行证——这样扯，只会越扯越烂，最后你是烂抹布一条，我是一条烂抹布。

关键时刻，还得问专家。斯腾伯格的爱情三角理论认为，激情、亲密和承诺是爱情的三要素。三要素兼具的完美关系，如任何一种与“完美”一词沾边的事物一样可遇而不可求，却偏让每个平凡人寤寐思服，不得而求之，坐在自行车后座上垂涎宝马，坐在宝马副驾上抹着眼泪想什么时候能笑一下。

那就排除物质因素，我们专心说爱情。对于拿爱情说事的小三来说，爱情是1，爱情之外的万事万物都不过是0，1是人生的意义，1是空气和水源。舆论攻势下，她们抱紧信仰，咬紧牙关。可人在重压之下难免肾上腺素爆表，成为月圆之夜变身的狼人，展现的并不是真实的自我。

真实的自我，是因为“渣男”的妻子临时起意而不得不对镜卸掉唇膏眼影，换上睡衣，趿拉着拖鞋给盘子糊上保鲜膜塞进冰箱，然后抱着枕头假装自己能睡着的那个女人。是在本该阳光普照的好年华里与“等待”“纠结”“孤独”等几个关键词相拥在暗无天日的冰窟里的那个女人。

绝世宫斗大戏《甄嬛传》中的敬妃问集万千宠爱于一身的甄嬛可曾懂得等待的滋味。“我宫里有一千七百七十六块地砖，其中三百三十六块已经有了裂缝。”独自一人的夜里，她反复数过。最要命的是，谁都知道这等待并非一时一地，它的疆域可以无边无际，如里尔克所说：“谁此刻孤独／就永远孤独”。

而在“被小三”的家庭中，人妻们的表现也各不相同，有保皇派也有革命派。我所知的一位人妻英姿飒爽，在老公的出轨事件东窗事发后闭关三天，再次见人时已然收拾好她的一切东西，打包装箱，签字离婚。效率之高，情绪之稳定，令前夫和小三都非常不好意思。小三道歉，人妻摆摆手：“不必了，我还得谢谢你早点儿让我知道留在我身边的是个空壳，不然谁知道他还得耽误我多少年。”

艰难抉择中的一种，无非舍不得断，舍不得舍，舍不得离。其实天地不仁，谁离开谁地球还不是一样转？人妻可以对负心汉弃如敝屣，我的女朋友可以成功跳槽，上位的小三没有（至少目前没有）缺胳膊少腿，地下状态的小三则继续期待他妻子这一次千万别临时改变时间表……这是他们的选择。在人生的轮盘上，每个人可以说“是”，也可以说“不”。而在历史的车轮下，社会进化到现在，不是为了让谁还像敬妃一样整夜趴在地上数砖头的。

说破大天去，卿本佳人，何苦做贼；千难万难，当断则断。

总有一句歌词

Lyric

打湿你心

Heart

////

chapter 05

你像是**月光照亮**每条小径

/

I miss you so much

《多么想念你》

人到三十，身边的大多数体己人都已经身为人妻人夫人父人母，还在情海中沉浮的，要么遇人不淑，要么待价而沽。什么样的奇葩没见过，不死人就不算事故，不上社会新闻就不算故事，身心都被磨钝，即使目睹起高楼宴宾客楼塌了的都市沧海桑田，只要目测板砖不会砸到自己，脚都懒得挪一下。这时候，反倒觉得常识性的美好最难得：红艳艳的花，绿茸茸的草，火烧云，蓝天，干净的雪，年轻得跟水葱似的姑娘，还有一个人真心喜欢另一个人的时候，对他（她）的好，看他（她）的眼神。

前几天有友邻提到我写过一句话，“那几年爱他爱得跟个中学生一样”。可我对此连模糊的印象也没有了，而且不仅对这句话没印象，类似的情绪也已久违。平时女人们坐在一起说起自家男人，十句有九句是吐槽，一方面是因为围成圈讲述“啊我是多么多么爱他啊”实在太恶劣，这情景只消想一想就让人目瞪口呆，恨不能马上与在座的所有女人割袍断义老死不相往来，二是很多汹涌的情绪确实已经半挥发半凝固了。

在这样的大环境里，我的微信朋友圈基本被晒娃、晒吃、晒旅行、晒工作成就和各种吐槽刷屏，我也心安理得地被刷。

突然有一天，一个在外培训的男人发了一张照片，小图看起来极其诡异，仿佛一头拔地而起的哥斯拉，点开一看，原来是他肩膀上坐着他老婆，老婆手里抱着他家的“汪星人”，而他举起手机对着卧室的镜子自拍。图片下面配的文字是：小爷这几天不在家，你们俩可安好？

于是想起他的婚礼。他给每个来宾都发了几个小灯，典礼进行到一半，他让新娘转过去，然后跟司仪一起手忙脚乱地教大家怎么把这些小灯套在手指上，点亮，再随着音乐挥舞。等我们这群济济一堂的笨蛋终于搞清楚如何运用这项高科技，他才轻轻扳动新娘的肩膀——大厅的灯暗下来，我们像参加演唱会一样有节奏地挥舞手臂。

新娘傻了，看看我们，又看看他，一双玉臂缠上他的脖子，眉头一紧，在他肩头哭了。他揽过她的腰，柔柔地拍着她的背。

以此为节点，往前数十年，是我高中毕业的夏天，天气酷热，人心惶惶。录取通知书收到，一切尘埃落定，打点行装先不急，我们要纵情欢笑。那一年，他还不是现在的靠谱人夫，而是高考失利的颓废少年，头发过了肩，抽着烟，坐在包房的角落。

这之后五年，他独自创业，挖到第一桶金，在我们都是各个单位的小毛孩子的时候，他已经计划好几年赚满多少钱就可以娶她回家。

有人逗他："王总，你发财了不换媳妇吗？"

"不换，这个真不能换。"他正色道。

"你这媳妇就这么好？"

"好，真好。"

我朋友圈里另有一个妹子，她跟她老公都是我的朋友。他常出差，怕她一人在家无聊，就给她买了各种能排遣时间的玩意儿。而他在家的日子，对她更是有求必应。比如有一天中午，我们说到最近新开的一家芝士蛋糕店，据说很好吃，只可惜很多人排队，没耐心根本抢不上，当晚她就在朋友圈晒出了老公排队给她买的蛋糕。又一天，她念叨了两句想吃火锅，可惜老公又出差了云云，他马上如同业界良心海底捞，叫了整整齐齐的火锅外卖到家里，让她饱餐一顿……这样的例子太多，乍一看大概显得肉麻，不过在这个大家习惯比懒比惨比无情无义比谁更浑不吝的年代，这样实实在在的拿得出手的晒幸福，还真是不多见了。

当然，有一大波男性群体可不这么认为。"不就是有钱吗？我有钱我也能做到。"不止一个男人这么对我说过，嘴都要撇到耳垂上了，那一脸不以为然真是非常不以为然。他们还给我讲了无数的段子以证明金钱在一段感情中的决定作用，不过我对他们的不以为然更不以为然——我相信，如果你真的有钱（有钱没钱是个非常相对的概念，那么暂且就当是买奢侈品不心疼的那种有钱程度吧），那么我不怀疑你可以随随便便给女朋友或者老婆买名牌包包、限量版首饰，或者索性把信用卡扔给她随便刷。的确，这是一种负责任的表现，也是一种信任和爱，可惜未免太不过脑子了，因为在做这些的时候，男人心里想的多半是“这是每个女人都会喜欢的东西”“这个作为礼物是非常拿得出手的”，至于她真正在想什么，真正需要什么，刚刚念叨过想吃什么，是不是情绪有点儿低落，则完全没放在心上。“反正拿了这个包包就赶紧高高兴兴的吧。”

《北京遇上西雅图》里的汤唯就是这么说的：“我什么都没有，但我有包。圣诞节有个包，春节有个包，三八妇女节有个包，连六一儿童节都有个包！都是包都是包！”

看，谁都不傻。

一个人真心喜欢另一个人，觉得他（她）独一无二，花见花开，就难免做出许多或蠢得可爱或浪漫得掉渣的事情来。

比如我的一个哥们儿非常喜欢他冰清玉洁的小女朋友，为了能一亲芳泽，他想出了一个损招：谎称眼睛眯了。他自认为计划已经非常周密了：他捂住眼睛说眯了，你帮我吹吹；她过来，凑近他的脸；他趁机一把抱住她。这情节完美得都可以编入本土偶像剧了。

可惜人算不如天算，他忘了她是个眼科大夫——她一听眼睛眯了，专业度瞬间爆棚，三两步走上前来，咔一下就把他的眼皮翻过来了。当时的惨状可想而知。他捂着眼睛狂跳，像只热锅盖上的大蛤蟆，而她无辜地站在一边，大概在琢磨自己的手法是不是不够专业……好在最终他还是亲到了她。

另一个故事来自一个姐姐。这一天他接她下班，说要带她去吃大排档。走了一会儿，她累了，又不好意思叫停，倒是他心领神会，说要不歇一会儿吧。两人在路边坐定。天已经黑了，但路灯还没有亮起来，初夏温柔的风拂过来拂过去，拂得人心里乱七八糟。

他开口了："你相不相信我可以预言未来？"

这话当然很扯，她不置可否地笑笑。

他又说："我今天预言三件事，它们全都会实现——第一，你会嫁给我。第二，我们会有一个女儿——我喜欢女儿。"

她有点儿不好意思，低头盯着自己的鞋子。

"第三，我数十个数，整条街的路灯就会一起亮起来：十，九，八，七……"

他刚数完，整条街的路灯啪的一声，整齐划一地亮了起来。

在许多年后，这个姐姐抱着他们的女儿，给我讲了这个段子。然后，她也跟所有人妻一样开始吐槽老公："他后来说，为了数得准，他每天晚上都去那条街上核时间，核了半个月才敢出手——真是笨透了。"

我看着她，觉得自己又看见了红艳艳的花，绿茸茸的草，火烧云，蓝天，干净的雪，年轻得跟水葱似的姑娘，还有那些相爱的人——他们的面庞像被月光吻过，温存皎洁，柔滑迷人。

c h a p t e r 0 6

Being in love is difficult

《相爱很难》

总 有 一 句 歌 词

L y r i c

打 湿 你 心

H e a r t

////

也许**相爱很难**

就难在其实双方**各有各寄望**

也许**不爱不难**

但如未成佛升仙也会怕

爱情**前途黯淡**

最好有生一日都爱下去

但谁人能将恋爱当作**终生**兴趣

最近有不少人玩“秘密”，据说该 APP 是负能量之源，与微信朋友圈好似人脑中的小天使对小魔鬼：一个一袭白衣头顶光环，一个手擎钢叉两只犄角；这边美图相机各种白富美，那边说其实信用卡早已成坑；这边晒幸福，那边说别以为你丫跟那小狐狸精的事我不知道；这边说我为我的团队骄傲，那边怒骂老板就是个大SB……这么精彩的桥段岂能错过，火速下载，点开看第一条，吓一跳：

跟艺人恋爱真累。

都问：这谁啊？跟谁啊？不知道——知道就不叫“秘密”了，该叫“爆料”。因为不可知所以不重要，“艺人”二字就成了焦点，于是想起几年前倪震曝出夜店绯闻，全世界的矛头明指负心汉，其实暗地都屏住呼吸看“不老玉女”周慧敏如何花容失色仪态尽失。

读过一篇长文章，主要观点是说女性的素质和心智决定着一段关系、婚姻或一个家庭的总体走向，当时还觉着有点儿夸大其词，后来身边事、耳边事多了，才知这观点所言非虚。在这个笑贫也笑娼有的没的都要拿来呵呵两声的时代，倪震夜蒲事件眼看要变成“且行且珍惜”一样的闹剧，周慧敏一纸声明却力挽狂澜于既倒。关于“跟艺人谈恋爱”一折，周慧敏这样写道：

公众人物谈恋爱要承受异于常人的压力，从当年决定和不按常规行事的倪震谈恋爱，就知道是一场革命了，亦没有失望过。香港这片是非地，无风三尺浪，暗箭来自四方八面，行差踏错一步就如掉进斗兽场。当中我们需要的信心、包容、付出是一般情侣无法体会的。显微镜下看世界，任谁都难合格。

“玉女”此文一出，坊间一片肃穆。与公众人物恋爱，当然并非大多数人所能感同身受，但“相爱很难”这件事，却是各人冷暖自知。如果平常相守已经不易，大概与艺人恋爱确实更易于成为众矢之的。如周慧敏所写，也如《相爱很难》中所唱：

也许相爱很难……要单恋都难……也许不爱不难……爱不爱都难。

这歌词浅白得不能再浅白了。相爱当然难，两个人要尽量拧成一股绳去共同生活，即使貌合，未必能避免神离。多少人哭着喊着问“如果你爱我，为什么不懂我”，可是有什么办法呢，没人能否定那是爱，但也不能因此无视两个人之间切实存在的差异和隔膜。

单恋更难。泼一墙狗血，也不过是独角戏，对着空旷的山谷呼喊，回声被风刮散，微弱迟缓。你怎么做都是错，刻意而蠢笨；他（她）怎么做也不对，轻浮而敷衍。

也许不爱不难。不如斩断情丝，立地成佛。可爱情这件事有点儿像鬼压床，不期然出现，心里明镜似的，只是喊不出，动不了。这件事不可计划，也不可防范。人生而孤独，面再冷的人，心中都有一团或旺或暗的火，爱情恐怕不是你想买就能买，不是说不爱就能不爱的。

这样说来，岂不是没的聊了？众生皆苦，认命吧。

我上班的地方附近有一爿小店，卖些号称从香港淘来的衣裤、鞋子，我没事的时候就去逛逛。店主是一对小情侣，女生精明强干，小店是她一手做起来；男生常穿一件灰突突的T恤，笑着看女生招呼客人。有时候中午带同事去淘东西，女生招呼我坐下跟他们一起吃饭，她一个眼神，灰突突的男主角就不见了，没一会儿拎了几盒便当几瓶饮料回来，大家一起坐下吃饭聊天，其乐融融。

有一天过去，女生眼眶红红地坐在店里，看见我，随便招呼一下，没站起来。我向来不擅长应付这种真情流露的情境，既不会提问，也不会安慰，于是想赶紧转身走人。她却站起来，在货架上翻拣出一件衣服递给我，让我试试。

我接过来进了试衣间，出来见她伏在膝盖上哭。我窘得直搓手，憋了半天，问了一句最不合时宜的话：东子呢？

我不知道她男朋友叫什么，大家都叫他东子。

她在哭声里断断续续给我讲他们的矛盾。其实蛮老套：

两人谈婚论嫁了，结果他家里说什么什么，她家里又说什么什么，矛盾不可调和，两人吵起来，东子一气之下走了——说是只把随身衣物打包，夺门而出。钱没拿，卡也没拿，净身出户，一走好几天，貌似不会回头了。

她哭得好伤心，如泣如诉：他没什么能耐，他家里也没什么钱的，没拿钱，他怎么活呢？

我再次补刀：放心，谁离了谁都是一样活。

大概这句话让她在痛哭中惊觉，抬起泪眼扑闪扑闪地望着我，没有反驳。

这话的确让人失望：没有唯一，没有刻骨铭心，即使有，非得放下的时候，也就放下了。然而，比话语更让人失望的是事实如此。她不再哭了。

我起身掏钱，打算买下她推荐我试穿的衣服——说实话，衣服并不合身，也谈不上眼缘，我只是觉得当下应该支持她一下，不拘形式。她把钱挡回去：别买，这件不衬你，有合适的我再给你留着。

我换回自己的衣服准备离开，她已经完全平静下来，送我到店门口，轻轻地说：我们俩十五岁就认识了，不到二十岁就一起做这个店，生意都是我管，钱也是……我没想到会有这一天，所以也没早给他办张卡。我最后悔的，是最后我没能给他个交代。

这件事过去半年，一天逛街，我看到灰突突的东子坐在一爿新开的店铺门前笑着晒太阳，肚腩初现。一个瘦瘦的女孩把便当和餐具在他面前摆好，方便筷子掰开了递到他手里。

《相爱很难》的结尾这样唱道：

无论热恋中

失恋中

都永远记住第一戒

别要张开双眼

看来他并不需要她给什么交代。

总有一句歌词

Lyric

打湿你心

Heart

////

c h a p t e r 0 7

我只是**曾经**也在爱里**颓然倒地**

/

像你

/

Foreplay

《前戏》

恩爱有加的伴侣一朝分手，见天儿争吵的夫妻反而嚷嚷到老，这样的例子并不鲜见。未必是秀恩爱死得快，而是对于两个成熟的、有感情基础的人来说，分开往往并非一时一地的灵感，而是百转千回的积攒。因此，虽然分手的念头多半起于糟糕的时刻，但分手的时机却往往落在平静的日常。

在爱之初，一切都是美好的，可以金风玉露，也可以金石为开，但到了爱之末，一切都走向了反面——分手这件事，到底是灵机一动更好，还是处心积虑更好？听起来都不怎么样，前者狼心狗肺，后者老奸巨猾。

看过一档台湾综艺节目，大家排排坐讨论分手和被分手的经验：冷暴力拖死你的，热暴力吼死你的，懒得废话一走了之的……不过以上种种虽渣，都在情理之中，最诡异的是一款迂回型的：时而热暴力直接说分手，事后又拼死挽回；时而冷暴力天天假装加班，回家见你委屈地窝在沙发上，又凑上来摸摸你的头，“傻瓜，别乱想啦”；最后你忍无可忍，只得抽刀断水，可他（她）又做受害者状，人前人后一副被辜负的情圣状。

我常去的美容院集结着一群美女技师，她们笑靥如花，身形婀娜，观之可亲，无微不至，这很容易让人忘了她们也有内心世界和悲喜交集的生活。有一天，一个美女技师一边给我做脸，一边给她的同事传授分手秘籍："首先，不要总想着他，要让自己忙起来，逐渐减少给他打电话的次数，直到一个都不打；之后，不要接他的电话，不管打多少，就是不接；最后，要在心里告诉自己：没有他我也一样活，我可以活得很好，更好……"

所以说，虽然用生命演一场分手大戏的迂回型奇葩毕竟是少数，但我们不得不承认，每个人在学习如何爱与被爱的同时，也学会了念"分手"这本经。我们就这样在选择与被选择中成为爱的产业链上的熟练工，从无到有，从有到无，都在经验范围之中。

在经历了几次分分合合之后，关于分手，我们开始明白，虽然感情依旧是一段关系的基石，却未必能单打独斗，支撑两个人走得长远。现实的阻碍和三观的差距甚至生活细节的不搭调拆散了大多数爱过和爱着的人，擂着战鼓催你放手。当然，这样的分手往往需要熬过辗转反侧、取舍彷徨、聚散依依这类无声而漫长的铺垫，直到一个看似平静甚至美好的时刻，终于被狠心提出来。

我有许多怪朋友，其中一个会在酒后拨电话给我，多在夏秋季节。我有时候接，有时候不接，接的话，有时候聊得长，有时候聊得短，说的都是鸡毛蒜皮，寒暄吐槽，调侃与自我调侃。有几次他捏着电话睡着了，昭彰的呼噜声响起，我默默挂断电话。除此之外，我们俩几乎没有联系。多年来，我和他友好地保持着这样一种说不好是温存还是凉薄的关系，同时各自在红尘中翻滚浮沉，时而得意，时而失意，时而不以为意，与大家毫无差别。

有一次这朋友又打电话来，赶上我刚刚分手，于是我说："我给你讲个鞋的故事。"

我已经做了跟当时的男朋友分手的决定，但不知如何开口。一天我穿了一双新鞋去找他，鞋很不舒服，走到半路就磨出一脚水泡。好容易挨到地儿，第一件事就是赶紧脱鞋，把他的一双鞋套上了。他的脚比我大，所以我必须把鞋带系得很紧。我龇牙咧嘴地脱鞋脱袜子换鞋系鞋带的过程中，他一直在一边笑话我："你就是想把我这双鞋拐走才故意磨出一脚大泡吧？"

我剜他一眼，看着他翘起的嘴角，弯弯的眉毛，那张脸依然是亲人一般熨帖。

在那之后差不多一个星期，我平静地跟他说了分手，他平静地接受了。过几天他打电话来，有反悔之意，我还是坚持我的决定。又过几天，他发短信来："你的鞋还在我这儿。"

我才想起他说的那双能把我磨成残废的新鞋。回："扔了吧。"

他又发：“我的鞋还给我。”

他送过我的礼物，我送过他的礼物，我们在彼此生活中留下的痕迹，何止两双鞋。我没有回复他。

在我穿上他的鞋之前的相当长的一段日子里，我们已经越来越频繁地猜疑、争吵、厌倦和彼此折磨，现实不断冲击着我们做出决定。即便如此，在落落大方地说出分手之后，一回身，我的眼泪还是糊了满脸。

我给朋友讲完了鞋的故事。他说：“正好，我也有个鞋的故事。”

他的前女友是本市某校的医科硕士，毕业后在遥远的南方城市找到合适的工作，而他已经有了稳定的事业根基，老母年迈，无法随她迁居。她离开的前夜，他下了班，照旧去寝室楼下找她，两人并肩牵手去了常去的小酒馆。喝完酒走出来没几步，她凉鞋的高跟掉了一个，一高一低，没法前行了。

当时在校园里，找不到什么交通工具。两人一筹莫展地原地站了一会儿，他把自己的鞋脱下来：“你趿拉着走吧。”

“那你呢？”

“我没事。”

那一夜，他光着脚，她趿拉着一双大鞋，堪称校园一景。最后她进了寝室楼门，他一个人光着脚走回家。

"走回家？为什么不打个车？"我问他。

"反正喝了酒，不冷。"

"演绎悲情呗。"我揶揄他。

他大笑不止。大笑很好地舒展了他酒后僵硬的舌头，他说了一句话，在夜色中分外清晰："其实我每次想起来都挺高兴，最后一次见她，她身上有一件我的东西……我希望她记住我，无所谓因为什么。因为一双鞋……有什么不好？"

又聊了一会儿别的，我问他："你说她还留着你的鞋吗？"

他沉默了。我随之肃穆，等待着他的回答。

半分钟过去，鼾声大作。我也被我的弱智问题逗困了，默默挂断电话。

就在刚才，一个刚分了手的闺密对我说："我真的很喜欢他，但这话再也不能跟他说了……希望有树有花有风或者真有天使大姐什么的，能替我告诉他。"

我说："放心，我们的心意，最终都会到达。"

我一直保管着那双比我的鞋码大得多的鞋。

后记

写完这篇专栏之后的一天，我接到一个陌生的电话，对方说是一家水晶店做会员回访。我听了半天也没想起来自己光顾过这家店，正要挂掉电话，她说：“二〇 ×× 年 × 月，您在我们店里买过一串紫水晶。”

我心里咯噔一声：“请问购买时间具体是那个月的几号？”

“女士，我们这边的记录是二十八号。”

就是那一天，我走出水晶店，而他的车正停在路对面。

那是我们第一次见面。他就是那双大鞋的主人。

c h a p t e r 0 8

岁月长

/

衣裳**薄**

/

Goodbye Arakawa

《再见二丁目》

总 有 一 句 歌 词

Lyric

打 湿 你 心

Heart

////

每年的中段都可能被搞得半死，略去琐事不谈，单说工作：社里丛书下厂、八小时以内不是在填表就是在开会，不得不天天加班；社外杂志专栏、豆瓣专栏、长篇连载以及计划外的零星稿约都要按时完成。两个助理编辑一个休了婚假，另一个夜里着了凉，上吐下泻发低烧，也卧倒了。每天加班之后到家开了电脑必写到后半夜，如此往复，终于神经衰弱，眼看天快亮还在数不知第几万只绵羊。厚厚的窗帘透出光亮，我刚刚攥住冒头的睡意，闹钟又响了……手脚并用怒咬床栏支撑自己起床上班，继续开始煎熬的一天。

这样当然不是办法，有一天夜里我写着写着突然泪流满面，伸手在脸上胡乱抹一把，决定向场外亲友团求助。发微信给一个心理医生朋友："李医生，我需要心理援助。"

李医生非常专业地对我进行了先期采访。大概二十分钟后，他发来微信说："到我的睡觉时间了，周末见面吃饭聊。"

我看一眼时间，23:10。别人准确到近似军事化的健康生活习惯无疑让我更加自伤身世。

周末，大家都从百忙中抽出时间来围观——啊不，是开导不开心的我。李医生又听我絮叨了一遍人生困惑，问："你是一个会处理离别的人吗？"

众友面面相觑做思考状，沉默良久，齐声说："什么意思？"

循循善诱的李医生居然没被我们蠢哭，解释说："比如你的两个助理编辑，一个婚假，一个病假。病假这个算是突发，但婚假应该事先就通知你了，是你可以预期的，那么在她跟你告假到休假走人这段时间里，你是如何处理这次离别的——你在心理上做了适应她不在的铺垫了吗？工作安排上做了调整吗？毕业、辞职、分手等，大体上都属于离别，在面对这些离别的时候，你是提前做好计划还是一直拒绝面对，直到离别突然逼到你的眼前把你吓一跳？"

又是一阵沉默，之后众人纷纷丢盔弃甲摇头吐舌："好吧，我确实不会应对离别，我就是那种在送站的月台上突然哭成渣渣的人。"

这让我想起我舅舅，他对离别的拒绝比任何人都彻底。他甚至从不让自己亲临离别现场，终生没有买过一张站台票。印象里，他总是把车停在进站口边上，挥挥手："去吧，你们去送吧。"

要离开的人和送站的人往里走，他只留下一个笔直执拗的背影。

我不是心理学从业者，连票友都不算，我只是猜测加上自我剖析，这种对离别硬邦邦的拒绝也是心理防御机制的一种——早面对又如何呢，只是早郁闷罢了。TVB 教导我们，到元朗买点老婆饼，回来老婆一高兴给你煮碗面，呵呵，一家人开开心心的比什么都重要啦。

二〇一四年六月，据说水逆又来了。水星似乎格外反叛，很少正着走，成天逆。我与许多人一样把这阶段的疲于奔命归咎于杀千刀的水逆，并眼见自己与身边的人沉陷在每年中段的屁滚尿流中，样样都要搞，样样搞不好。有一个平常的工作日，我与另外两位好友在不同城市遭遇轻微交通事故，我和一位深圳好友被追尾，另一个帝都好友不知道轧了什么，右前轮爆胎，正在与千斤顶和备胎搏斗。我开着双闪憋在路上等保险公司来，微信群里问她们俩：“这是怎么了？”

我说是水逆，深圳好友说是我们的属相流年不利，帝都好友一言未发，大概搏斗得正欢，无暇他顾。

还有什么比堵在高峰期主干道上的死车更讨厌呢？愤怒的喇叭声和咒骂声嗖嗖擦过耳畔。保险公司来了，拍了照，交代了后续程序，留了一圈联系方式，搞定。我的后保险杠被撞出一个洞，其他都没事，打火继续前行去 4S 店修车。

深圳好友也处理妥当，在微信群里吐槽这个关键时刻老公居然在飞机上，电话根本打不通，处理交通事故实在不是女人的擅长。

帝都好友还是没动静，我有点儿担心，车停在路边，拨电话给她。

电话接通，只听见“哇”的一声恸哭。

“怎么了？钳子砸着脚指头了？”

“没……”帝都好友破涕为笑。

“那你哭什么，把我吓一跳。”明知道不会是因为身体疼痛，还是这么说了，无非想逗逗她，以免组团倒了霉之后还要肝肠寸断，“别哭了，换不明白就给你老公打电话，让他来帮忙啊。”这时候不用男人，更待何时?

“不能打，我们离了。”

幸亏是停下车打的电话，不然听到这个消息，保不齐我会因为过于惊讶去追前车的尾，再把前保险杠撞个洞。

我尴尬地沉默着，听着电话那头她飓风席卷而过般的哭声，哇哇哇，呜呜呜，啊啊啊，呀呀呀……

她的老公（现在是前夫了）是个生活小能手，头脑发达四肢更发达，连家具都会打，换保险丝、换灯泡，一般的电器修理和水管堵塞都是小菜一碟。大家一起自驾出行，有他老公在就等于有了司机、人肉 4S 店、野炊厨师、随行安保和导游，安全感指数直线上升，都要超过报表高到屋顶上去了。这使她在婚后得到了很好的照顾，生活能力也相应退化，不然我也不至于这么担心，拨电话去询问备胎换得如何了。

“勉强换上了，一会儿开到修配厂再让人看看，有卖轮胎的就直接换了。”

“那就好。”

“离了一个月了。”她又说，“我在适应没有他的日子。也不知道是之前的破事在我不知情的时候他就都解决了，还是最近破事太多。每次我觉着自己过也还行，一准出个让我心塞的事，然后就会忍不住想如果他在的话，会怎样怎样。”

“嗯。”

她又说了一会儿，我嗯嗯哈哈应着，想她大概也是离婚后第一次跟人提起，与其讲大道理，不如让她说痛快了。她在家处理水管漏水、马桶堵塞，跟不负责任的物业吵架，一个人面对空荡荡的房子忍无可忍，开车出门想逛逛街，莫名其妙车胎又瘪了……生活似乎故意跟她调笑，离婚到现在，一个顺遂日子都没有。

我们扯了一会儿生活的难，美人迟暮，人生苦短，岁月那么长，我们的力量何其微薄。她说半夜对着天花板掉眼泪的时候，前夫会发微信来悔过争取，她一次次咬牙坚持，不回复。一直到我给她打电话的当下，她说：“如果你不给我打电话，我大概就会给他打电话了。”

“那我得赶紧挂电话了，免得拆散一桩婚。”

她笑了一阵：“已经散了……你说我要不要给他发条微信什么的？”

我最怕拿这种主意了，何况我还不知道他们为什么离婚呢。但既然闹到能狠心离婚，大概总有确凿的理由吧。如果我们身边常驻一个哆啦 A 梦，在所有状况下都伸出他的援手，那么每个人都会成为身无长物的野比吧。所以帝都好友此刻的人生困境究竟是因为水逆、这个属相流年不利、她前夫的缺席，还是她没对以万物为刍狗的无情天地形成足够准确的认识？问题如此复杂深奥，我理所当然地糊涂了。

连日神经衰弱的大脑空白了两拍，我问她：“你觉着，你是一个会处理离别的人吗？”

总 有 一 句 歌 词

L y r i c

打 湿 你 心

H e a r t

////

c h a p t e r 0 9

我们一个像夏天

/

一个像秋天

/

One likes summer

the other likes autumn

《一个像夏天一个像秋天》

她第一次跟圈圈打交道，还是在实习期。社里要把一部大型纪录片改编成丛书，让她试试能否参编。那时圈圈已经进社两年，对照样张指示要领，给她材料，让先试写一篇。在初出茅庐的她眼中，圈圈的认真和公事公办显得居高临下，不喜在心中一闪。

又几年，人员变动，调到新的部门，推开门几张笑盈盈的脸，其中就有圈圈，温柔可亲地打了个招呼。“三儿，你终于来啦。”是说没正式调过来的时候，她们已经间接有不少合作。

一来就陀螺似的忙个不停。主任传了国外版权书单给她，两人共同挑了十本书，她去跟领导汇报，领导圈出四本。主任说，编辑室内部要平衡，于是分了一本给圈圈。主任在其位谋其政，团队之间理应互有帮衬。圈圈拿到任务的时候却迟疑一下，问主任：“这个选题不是三儿的吗？”

一个北方的春夏之交，下班后，眼看着窗外黄昏柔和，风声却刺刺打在玻璃上，带来一层显见的灰尘。晚高峰的聒噪也开始了，城市霾一样浮在半空，让人没有亲近的欲望。她打开 Word，发现圈圈也没走，长马尾用手一拢，就势倒在长沙发上，玩手机。

她们都不打听，不窥视，却毫不尴尬。不知道这样舒服地静默了多久，圈圈说："晚上要去参加答谢宴，妈蛋。"

"带上你的猫把钱吃回来。"圈圈养了三只猫。

"就因为怎么都吃不回来所以惆怅。"

都笑了。夕阳斜斜打透窗子，两个人都金灿灿的。

又一会儿，圈圈起身拿了包："走啦。"

一扭身已经走出去，她又说了句打趣的话，圈圈的长头发和笑声都一甩，消失在门口。她早习惯一个人加班，此刻却有点儿若有所失。她要是男人，这一刻该已经爱上圈圈了吧——她历来喜欢相处舒服的异性，觉得如果不能相处，别的都是妄谈。

后来部门换了领导，版权书这块由圈圈和她一起做。相较而言，她更外放，常负责与版权公司、译者、设计的联络，而圈圈更能沉下心来对各种信息加以筛选，两个人俨然是个小团队。下班前的半小时，都不太忙的时候，她们互相在 QQ 或微信上传段子，发表情，转载帖子——编辑室的布局是背靠背坐，东西发过去，很快就听到按捺不住的哧哧的笑声。这就是忙碌一天的福利了。

一次结伴出差参会，她半夜睡不着，又怕影响圈圈睡觉，把手机调成静音猫在被窝里玩。没一会儿，听见窸窸窣窣的声音，回头看，是圈圈在床上坐起来了，正用梳子理着长头发。她有点儿怕：“圈？”

“嗯。”

原来不是梦游，只是都睡不着。

她们聊天。做编辑以来各自的心得，多少辛苦，是这点收入根本弥补不了的。那为什么还当编辑呢？说出来肉麻——理想吧——要不是喜欢书，想把事情做好，谁会干这个？

天色一点点亮起来，她们还在说对既往和当下手里一些选题的想法，并没有褒贬任何一个具体的人。这一夜畅谈，让她触到圈圈性格中的沉静和涵养，是即使在淤泥中仍然能出淤泥的。

第二天午后在会场展厅之间的草坪边上晒太阳，圈圈问她：“三儿，要是有一天不做编辑了，你会去干什么？”她想想，说写东西吧。圈圈点点头，又摇摇头，说不知道自己还能做什么。她知道，以圈圈的能力，绝不是没有选择，只是真心喜欢这份工作罢了。

朝九晚五的日子里，在更多需要一起做的工作中，无论看选题、定译者、修改封面还是对合同条款的推敲，她们总能达成一致，合作效率高，也愉快。她自知不是帅才，总想有个好人儿领着参谋着，于是忍不住憧憬以后都有圈圈在，觉得真是安心。

看见喜欢的东西，或者别人送了什么好东西，她总想留一份给圈圈。常是到了办公室嘻嘻笑着叫圈圈，圈圈侧身过来，她递过去，圈圈也嘻嘻接过来，说声谢谢。一次聊起喝酒，没想到那么文静的圈圈一个人的时候也喝酒，而且是伏特加。她说她很少一个人喝酒，但写东西的时候偶尔喝一点儿百利甜，当糖水，当零食。

没过几天，圈圈在背后叫她："三儿？"回过头去，圈圈递过来一大瓶百利甜，她也嘻嘻接过来。

一个上午，实习生突然惊呼："圈圈姐你怎么哭了？！"圈圈连连摆手说没事，有点儿不舒服。说完在身后拍拍她的肩膀，示意她到走廊来。

站定了，圈圈说被钦点去了集团，新岗位是行政职位，不能再做书了。她听了一愣，知道圈圈一定舍不得不做编辑，但一是领导钦点，恐怕由不得你选择；二是集团到底是上级单位，平台比社里高，去了算是升职，总体来说是好事。她这样劝着圈圈，伸手想为她擦眼泪，没承想自己的眼泪早噼里啪啦止不住。

不到离别的时候，不知道这么舍不得。圈圈大她一岁，姐姐一样劝慰她："别哭了，我也舍不得你。"

走之前，圈圈说有个朋友会算紫微斗数，老早就算出圈圈今年工作会变动，真是准，于是也把她的八字要了。结果很快回来了，说她少有文采但早运奔波，没有贵人相佑，都是自己拼搏，事业转折正在三十岁这一年，跟圈圈前后脚。

她笑："哪有啊？这回恐怕要不准了。"

这之后没几天，领导突然找她，说社里决定任命她做编辑室主任。刚从领导办公室出来，圈圈来电话，她说了这事，圈圈高兴得在电话那头喋喋地说："好事啊，三儿。三儿，好事啊。"

她有点儿没底："我不知道自己行不行。"

"你行。"圈圈斩钉截铁的。

"你要是不走，主任一定是你。"

"三儿，很多事情就是机缘。你想想那几本书本来就是你的，要不是后来分给我负责，钱就是你挣。"

她一惊。在职场上，无非拼业绩拼名声，换了别人，就算心里这样想，也未必承认。

圈圈又说："我之前总是想，有一天三儿肯定能上来，我们一起做书多开心。"

又一惊。虽然马后炮有虚伪之嫌，但想圈圈一定是真心，于是也说："其实我一直想你能带我一起做书就最好。"

她早想好好写写圈圈，耐着自己急匆匆的性子，临摹一样，把沉静洁白的圈圈不疾不徐地画下来，可借口总比动力多。

年假，她去了雪乡，因为圈圈平时集邮戳，她写了一张明信片寄给圈圈，一提笔，就想到廖一梅的话：“这世上，我们遇见爱，遇见性，都不稀奇，稀奇的是，遇见了解。”

她想圈圈应该会笑一笑把这句话接过去，正如调职前圈圈在微博上写的“不离别不知眷念深，即使平日各自忙碌不相闻”，她只当是给她的，也自然笑一笑接过来。

c h a p t e r **1 0**

星星就是穷人的**珍珠**

/

Silkway

《丝路》

总 有 一 句 歌 词

L y r i c

打 湿 你 心

H e a r t

////

谁是谁的旅途

我**只要你记住**

如果**流浪**是你的**天赋**

那么你一定是我最美的追逐

如果爱情是你的游牧

拥有过是不是该满足

你的笑支撑着我**虔诚的最初**

我将**眼泪**流成天山上面的湖

让你疲倦时能够**扎营停驻**

羌笛声胡旋舞为你笑为你哭

我的一位大学同学少有壮志，在五月天粉丝团中的地位相当于 ×× 大区经理。大学四年，基本上南中国哪有五月天演唱会哪就有她摇旗呐喊的身影，堪称穿着五月天歌友会 T 恤的克拉拉·莱辛。

当年教当代文学的老贺思想前卫，时不时随堂朗诵诗歌，捏着烟卷跟我们讨论各路争鸣之声，考前重点又画得恁详细，我们都爱他。一次上午后两节的课，时间已经到了，老贺起身收讲义，突然想起什么："再耽误大家一分钟——×× 同学邮件跟我讨论五月天歌词与当代诗歌的关系，举例很详细，论述也不错。但这个东西我把握不准，也没法定论，我就说两点吧：第一，歌词这种形式多半有句无章；第二，'星星就是穷人的珍珠'真是好句。"

上海元媛舞会，记者提问与会的妙龄少女们：你们都爱上过穷小子吗？

组织者周信芳之女周采茨在一旁代为回答："你没听过吗？'宁欺白头庸，莫欺少年穷'。"

据说随着女性年龄的增长，对理想对象的诉求是分阶段的，第一阶段是帅，第二阶段是有钱，第三阶段是"只要是个正常人就行啦"。这话客观不客观，可以见仁见智，但不可否认的是，钱确实是重大问题，不仅囿于两性关系。生而为人，几个人敢拍着胸脯说自己从来没被钱困扰过？

西有童话，东有传说，在我们的童年初认知里，除了王公贵族之外的男一号都又穷又帅又勤劳，随便摆个姿势就分分钟俘获美人心。与之相对的是，或胖大或瘦萎的富男人必定恶贯满盈无所不为，要么悭吝得令人发指，要么跋扈得丧心病狂，使尽浑身解数耍诈使坏自证是傻逼，跟爱情一类的美好事物从来不搭。

后来我们都在摸爬滚打中长大变老，一部分人发现玩命加班只会导致过劳死，而不是被妹子大赞勤劳勇敢并以身相许。另一部分人揽镜自照，发现自己既不是公主也不是女王，只是个购物车里 N 多东西买不起的有点儿灰的姑娘，近五年来反复许下的宏愿似乎唯有“要么瘦要么死”。

在领悟到简·奥斯汀既要爱情又要面包的理论才是宇宙真理之前，很多人都交了学费，虽然等他们在人生舞台上四平八稳尘埃落定之后，对类似经历多半避之不谈。当然，这也没什么不对，让故人和故事保持素净，是一种被大大低估了的美德。

“少年穷”的故事有其大同小异的一面，比如饿肚子、奔波、抑郁、被人看轻、贫贱夫妻百事哀，当然也有穷而后工、知耻而后勇以及不计得失的相依相伴。当爱这件疯狂的小事遭遇穷这件必须用理智去面对的大事，产生多少种五颜六色的化学沉淀，都是可能的。

能让人记住的歌词，必有浇人块垒之功。我不是五月天的粉丝，所知不多，除了老贺重点推介过的，还有这一句：

你走后爱情的遗迹像是空城

遗落你杯子手套和笑声

在我的学生时代，“大雁飞过菊花插满头”还是一句很正经的歌词，毫无槽点。同理，“杯具”诞生之前，人们长期善意到近乎迂腐地相信一杯子可谐音“一辈子”。对于广大穷小子和穷丫头们来说，钻石恒久远，一颗就破产，平价的杯子就成了表达心意的不二选择。所以，即使是没有经历过那个纯真年代的人，也可以推想，在故事的最后，易碎的杯具如何与易碎的恋情一样，堆满残骸纷纷的青春山冈。

欧·亨利写过一篇著名的穷人爱情故事，叫作《麦琪的礼物》。故事里的贫贱夫妻各有一件特别引以自豪的东西：丈夫家祖传的金表和妻子的秀发。而为了互赠圣诞礼，她剪掉了一头秀发，换钱给丈夫买了一条白金表链，丈夫当掉了祖传的金表给妻子买了一套梳子。小说中还有这样一段话：“他才二十二岁，就挑起了家庭重担……他需要买件新大衣，连手套也没有呀。”

如此应景，不如我们也来讲个手套的故事。

我们知道，星期二是电影院的半价日，但节日除外。也就是说，假如某个星期二恰好是情人节，那么电影票绝不会打折（不涨价就不错了）。我们要讲的故事的主人公——一个大学男生和一个大学女生，恰好不知道星期二半价日的潜规则，在这一年的情人节（当然同时也是星期二），顶风冒雪来到影城，本以为可以省点钱，却看到了比预想高一倍的票价。女生被冷风吹红的脸颊和双手还没有暖和过来，就赶紧拉着男生走了。人潮向前涌，两人向后撤，一路被人挤着肩膀，擦过衣袖。

男生不忍让女朋友满心的憧憬落空，说要不还是去看吧，也没贵多少……吧。女生不肯，说一场电影不到两个小时，看完了就没了，这钱干什么不好啊。电梯里，她用冻得通红的手搓搓脸颊，凑到他耳边说：过阵子就有高清视频看了，咱不花这冤枉钱。他说外面雪还没停呢，就这么回去了，多对不起你。说话到了一楼，“冬季用品大促销”的条幅挂在醒目处，男生猛然站住，说你等我一会儿。

他给她买了一副与她朴素可爱的衣着毫无关联的深灰色皮手套，手腕处点缀着人造皮草，这是他在促销摊位前找到的最贵的手套。他给她戴上，像戴上指环许下诺言。

石康的《晃晃悠悠》描绘了一个美妙的姑娘，叫阿莱。“有一天，阿莱告诉我，每一次离开我她都要剪一次头发，直到头发长长了她才能原谅我。阿莱说：她总是原谅我。”我们的手套情侣与许多年轻的情侣一样分分合合，彼此依赖，相亲相爱，又心存怪怨。因为穷，没买过什么礼物，这副手套之于他们，就成了阿莱的头发——她生气，把手套甩给他：还给你！没几天，他便拿着手套去找她。也有他负气的时候，换了她拎着外卖敲门，问他：拿了我的手套为什么不还给我？

岁月很长，这对年轻恋人可能会分开，也可能相伴一生；可能衣食无忧，也可能清贫度日。当我们正年轻，最不缺的就是可能性，至于其他——夏宇倒有一首诗，恰叫《其他》：

其他都是零碎的东西
胶带、笔套
裁掉的纸
画歪的线
指甲刀、卫生纸
不断滴着的
伞缘上的水
灰尘
声音
爱

总有一句歌词

Lyric

打湿你心

Heart

////

chapter 11

你若尚在场

/

The four seasons

《春夏秋冬》

什么叫分手失败？大概可以归结为有了分手的想法和行动，甚至一度成功，可只坚持了一段就复合了。

没错，听起来真是弱爆了——中枪的人却不见得少。

如果有人专门撰写论文追溯历史，那估计从有狗的那一年就有分手失败的案例了。文明发展到今天，每个人都可以贡献出不少分手失败的原因：舍不得、兜了一圈发现还是他（她）最好、跟谁过不是过啊、他（她）变好了、其实分手也只是一时冲动很快就后悔啦、他（她）哭得好惨一直求我我就心软了……

对于分手失败，一众情感专家也各有说辞，比如怒斥分手失败或被分手失败的人没尊严（如你所知，情感专家总是很希望天下有情人快快分手的）；再比如，破镜重圆就是破罐破摔；又比如，承认这个人怎么都割不断放不下，那还说什么呢？上天安排的最大，去扯证吧。

分手—分手疑似失败—分手确定失败—复合的过程是一幕悲喜剧，比初相识时谁追谁还微妙，富有戏剧张力。秋后算账几乎不可能，因为两个人很可能把权责推来搡去：

“他先找我的。”

“屁，我才没有，是你主动回来的。”

“明明是你编了个借口吧大哥！”

“那是事实不是编的好吗！”

……

如果分手失败是既成事实，那么到底谁先找谁又有什么重要？不过甜蜜的嗔怪总是不嫌多。在这两个人纠结于到底是谁先破坏了分手协定的同时，我们来看看他们的故事吧。

几个月前，女的先把分手的消息昭告天下。在分手后的排毒时段，她与任何一个分手党一样略显神经质，变身吐槽帝和琼瑶剧女主角一样的秒流泪达人。其间一旦有其他分手党想与之交换意见达成共识，她都先要高冷地表明一下自己已是分手界四袋长老，断不能莫名就接过随便哪个无名小卒的橄榄枝。

她一般是这么说的：“你很痛苦？你们交往多久了？你们谈婚论嫁了吗？你们见过家长了吗？你们拍婚纱照了吗？你们一起养狗了吗？你知道两个人一起把婚纱照从墙上拿下来的感觉吗？你知道你离开那天看见狗一直在门口冲你摇尾巴是什么心情吗……呵呵，分手跟分手是不一样的。”

可想而知，这段正方陈词基本干掉了所有想与之同病相怜的好人儿，使她独霸分手江湖，也将硬邦邦的悲伤还给了她自己。

关于他们为什么分手的原因，已经跟他们养的狗叫什么名字一样模模糊糊。隐约记得狗名是一种常见食物，类似面条、米饭、汉堡、香肠、麻辣烫、关东煮、大腰子之类，我们索性叫它馒头吧。从后面的叙述中，可推知馒头是一条大型犬，因此要求足够多的食物供给和足够大的活动范围。几轮博弈后，它最终归属于前任先生。

分手几个月后，前任先生突然打电话给她。她思前想后，决心不接，免得功亏一篑。他又发短信来："有人要剪馒头的耳朵，你管不管？"

怒从心头起，恶向胆边生。这还了得？！这不就等于是抱咱家孩子跳河吗！她一个电话打回去："快说！怎么回事！"

前任先生说，一天晚上他在小区遛狗，用绳子拴着馒头，馒头没有蹦跳也没有叫，一人一狗悠闲地走啊走啊走啊。突然，五十米开外的草坪上，一个四五岁的小孩"哇"地爆发出一声痛哭。前任先生和馒头都被吓得虎躯一震，不过没有放在心上，继续悠闲地走啊走。没想到小孩身边的老太太不干了，一手拽着哭得快没了孩子样的娃，一手制住前任先生："不许动！你的狗吓坏了我孙子，你还想跑吗？！"

前任先生跟馒头面面相觑。此时哭声已尖厉如超市结款口的警报，不明真相的小区群众围拢过来怒斥前任和馒头，要求查验狗证的、询问是否打了疫苗的、明明看见拴狗绳还质问他为什么不拴狗吓着了孩子的……前任先生淡定地拿出个狗证，并声明馒头根本就没有碰孩子，也没有叫，离得好远呢孩子就哭了不知道为什么。可群众怎么会管这些呢？老太太力道了得，穿越回去一定能在单臂擒方腊大比拼中秒杀武松。“不行！我孙子被狗惊了！你要负责！”

“负责”本身已经是一个非常让男人想撞墙的词了，何况还是出自一个老太太之口，何况老太太要求的“负责”还非常诡异：剪掉馒头的一小块耳朵，连毛带肉，给她孙子烧了喝下去，方可止住哭声，恢复如常。

一听这要求，老太太瞬间掉了一半粉丝，围观群众怜惜地看看老实巴交蹲在前任先生脚边的馒头，渐渐散去。前任先生虽然气愤，且觉得此事太“狗血”，也不好当街跟一个老人家争执，只好留下了联系方式，说看孩子过几天的情况再决定。此后几天，老太太每天想起来就要打电话给他，说孩子一直哭，让前任先生赶紧交出馒头半个耳朵。

市井传奇，小镇畸人，我们身边时刻都在上演荒诞剧。老实巴交的前任先生没了主意，只好拨电话给她。

“以前大事都是你拿主意，你说怎么办？”

她气得直抖：“我看是谁敢剪我家馒头的耳朵！晚上你把老太太约到小区里，我去会会她！”

前任先生担心发生流血事件，回头狗耳朵保住了，人耳朵却咬掉了，叮嘱她：“你不要冲动啊……老太太岁数不小啦。我跟她商量了咱们出钱让孩子去医院看看，可是她不肯，你再问问她，多出一点儿也可以啊……”

“别啰唆了，没用的东西！”她挂断电话。

当天夜里，三个大人、一条狗和一个哭哑了嗓子的娃在小区草坪碰头。她主说，他辅助，馒头负责扮无辜。

三人正争得不可开交，却看到孩子跟馒头已经结伴在草坪上撒起欢儿来。娃嘻嘻嘻嘻笑个不停，馒头也咧着嘴，不分敌我地欢蹦乱跳。

大人们当然惊呆了，她对老太太说：“您看这孙子……啊不是，您孙子，不哭了。”

如此棘手的事终于不了了之，爱哭的娃变成了馒头的脑残粉，缠着奶奶也要养一只。事态控制住了，馒头不会因此残疾，她也就放心了。“我走了。”她走出三步，馒头跟了三步——前任先生把手松开了，绳子在地上拖着。

“你干吗？！它又吓着人怎么办？！有几个耳朵够剪啊！”她没好气。

“要不……”他说，“回来吧。我一个人搞不定啊。”

“搞不定馒头吗？那我可以带走。”

“不是……是什么都搞不定。我没你不行。”

感谢庞然大狗馒头不怒不叫都能把幼小的人类吓哭，感谢哭点低到地心的娃娃，感激创造力非凡的老太太提出如此血腥的压惊方案，感谢温柔敦厚一筹莫展的前任先生放下身段打出求救电话发出求救短信……总之，感谢一切天时地利人和，让二人分手失败。

也许有人会问：他说了那么几句话，她就回头了？这几句话也没有很感人肺腑吧。

的确，这几句话不仅普通，而且虚假：没有谁离开谁不行，日子怎么都会过下去。一个人也可以过得很开心，很精彩，看到好笑的事情会笑，听到伤心的歌会哭，吃到好吃的会满足。可以一个人旅行，可以养活自己。一个人，依然可以拥有完整的喜怒哀乐。

可是，当我为了一个段子笑个不停，我的第一反应是把你拽到面前，絮絮叨叨讲给你听，然后我们一起笑翻在沙发上。如果我听到一首歌会突然啪嗒啪嗒掉下眼泪，那是因为想到了你。一个人吃再好吃的东西，也不能絮絮叨叨“啊真好吃啊真好吃”，因为你不会再在对面笑话我，跟我斗嘴，然后暗自记下，下次还买给我吃。你知道吗？当我发现已不能与你分担和分享我的生活，它便失了色，所有这一切，都没有了落点。

即便如此，我依然认为我可以一个人生活。

但我也同样清楚，你若尚在场，一切会更美好一些。你明白吗？

她从地上拾起狗绳，写下了又一个分手失败的故事。

chapter 12

终于敢**放胆**

/

嬉皮笑脸

/

面对

/

人生的难

/

The hill

《山丘》

总 有 一 句 歌 词

L y r i c

打 湿 你 心

H e a r t

////

说不定我**一生涓滴意念**

侥幸汇成河

为何**记不得**上一次是谁给的拥抱

因为不安而**频频回首**

无知地**索求**

羞耻于求救

不知疲倦地**翻越**

每一个**山丘**

前次有朋友出差经过我这儿，晚饭我们一起吃南洋菜。她说前一晚刚被客户灌了酒，不舒服，我于是叮嘱服务员来杯水：“不要冰水。如果没有热水，凉开水也成——但不要冰水。”

帅哥服务员说：“放心，我们店里没有冰水。”

“哇，夏天不备冰水，你们家真是业界良心。”我说，“那来一杯冰水。”

都笑，哈哈哈，哈哈哈。

吃了一会儿，又来了一个朋友，想再加菜，又叫服务员。还是那个小帅哥过来，看见我们就忍不住笑，但还是极有职业操守地起了范儿等着我们点单。我们几个严肃地绷着脸，说：“来杯冰水吧。”

小帅哥噗一下乐了。

埋单，他拿过一张意见卡：“对菜品饮料服务态度都可以提意见。”

“哦，”大家一起说，“不提供冰水这项应该写在哪儿？”

小帅哥也笑，指指“其他”后面的横线：“写这儿。”

昨晚跟同事在一家新开的餐厅吃饭。吃得差不多了，两个年轻服务员围拢过来：“对菜品饮料服务态度您都可以提意见。”他们互相补充，“太咸了太淡了太辣了，什么都可以提。”

“确定什么都可以吗？”

“是啊！”大概快下班了，两个小孩儿红光满面踌躇满志。

我说：“太咸了太淡了太辣了……其实也都还好。哦，有一条——太贵了。”

都笑，哈哈哈，哈哈哈。

昨儿我跟人说，我真是老了，每天上班甭管忙不忙累不累生气不生气，到下午四点左右都呈精尽人亡状，浑身上下一点儿劲没有，往椅子上一横，话都懒得说一句。这时候如果想到明天又是新的一天，真是又欣慰，又焦虑。这两次晚饭结束的时间也差不多该是饭店打烊的时间，年轻的服务员马上可以踏着夜色出发，或者找个夜店挥发过剩的愤怒和荷尔蒙，或者累得半死回家挺尸，瘫在床上暗骂这一天里刁难他的食客和训斥他的领班。

我是一个食客，你是一个服务员，我三十开外，你不满二十，在我眼中，你还是个该坐在阶梯教室里冲着老教授的PPT投影打瞌睡的少年。这个城市不大不小，浮躁安逸，有许许多多可以坐下来聊聊天吃一餐饭的地儿，但我们碰巧于此相遇。在彼此疲惫倦懒的平常夜晚，在我加班后，你打烊前，且让我们说着最浅白的玩笑，嬉皮笑脸，静止于那些人生的难吧。

帅哥，请给我一杯冰水。

总 有 一 句 歌 词

L y r i c

打 湿 你 心

H e a r t

////

chapter 13

给我再去相信的**勇气**

/

越过谎言去**拥抱你**

/

Light your fire

《夜空中最亮的星》

分手一星期接到前男友电话，难免心头窃喜而言辞悢悢。那么，分手一年呢？

空窗一年后，她在一个平常的加班夜接到前男友的电话。我们可以一同想象当时的情境：深夜的写字楼，不见了细高跟、制服、衬衫、西装和此起彼伏的键盘响，一望无际的水泥屋顶挂着几盏残灯。时间静止，你唯与自己以及手里未竟的工作相处相融。

对重度加班党来说，这个环境极其亲切，比之家长里短爱恨情仇，日复一日的加班生涯给予一个单身女性的最大安慰，恐怕正是深夜办公室中的这份寂静阔大、深不可测的孤单和充实了。

恰在此时，电话响了。不仅吓人一跳，而且不合时宜——更讨厌的是，居然是分手一年多音讯断绝的前男友打来的。

画风突变，黑洞洞的办公室立马鬼气森森。她满腹狐疑地接起来：“干吗？”

听起来他也有点儿不好意思：“没打扰你吧？”

“在加班。”

“哦……”

“有事？”

“我手机丢了，刚补了卡。”

那跟我有什么关系？她想。

“号码都没了，我只记得你的号码。”

沉默。如果是初相见，没有过去的种种相爱相伤，这话听上去真是悦耳。可惜。

“下次记得备份通信录。还有事吗？”

一声沉沉的叹气。“没了。你别加班太晚，注意安全。”

“嗯先挂了忙。”连个标点符号都没给。

据说当你很爱一个人，想到他（她），见到他（她），与他（她）在一起，那种飘飘然的幸福感，恰似被爱情陶冶，灵与肉飞升，飞升，飞升，直到飞龙在天。而如果不爱了呢？大概像退潮，时光快进，眼见着大海这头巨兽眼中的蓝色黯淡阴沉，眼睑垂下，最后一丝缝隙也没了，如同紧紧关闭了一扇大门，仿佛亢龙有悔。你的身心一味只是随之向下沉，向下沉，最后“啪嗒”一声在地上摔得粉碎。

一年前，当她发现了他的欺骗，便如此这般地过了一遍身心碎为齑粉的瘾。

“啪嗒”挂断，手机甩在手旁的一叠文件上。“您可真逗。”她嘀咕了一句。

一年了，从眼泪心碎失眠颓废上踩过来，已经可以出口调侃，虽然心似乎还是扑啦啦猛跳了几下。

接着加班。赶紧把这个案例赶完，下个月就可以休年假出国玩儿。单身女性必须时不时狠狠地犒劳自己，不然埋头苦干的日子何以为继。

出国前夜，闺密们为她饯行，顺便拉出一长串代购清单。聚会后回家的出租车上，司机把广播声音开得山大，她喝了点酒，靠在后座上昏昏欲睡，手机似乎响了，拿起来看，又是前男友。

“干吗？”

他哇啦哇啦说了几句话。不知是两人谁信号不好，加上广播声音太大，她一个字也听不清，只好打断他：“你说什么呢，听不清。”

他明显加大了音量，可惜还是不成。她失去了耐心：“我听不清楚，回头再说吧。”

正要收线，电话里突然传来一句无比清晰的、几乎气急败坏的问候：“喂喂！我就是想问问你！你好吗？！你过得好吗？！喂！你能听见吗？！”

她一愣。“喝了吧你。”挂断电话。

墨菲定律说，只要事情有变坏的可能，它就真的会变坏。把这个听起来负能量爆棚的定律放在感情里，我们可以说，只要我们的爱人品行上有某种瑕疵（哪有品行没有瑕疵的人呢），那么这道缝总有一天会被心明眼亮的苍蝇一口叮上，令你和他（她）的关系阴沟里翻船。比如这位前男友，在相识之初就总有意无意说一些无伤大雅的小谎，有的可以积极地理解为善意的谎言，有的很容易被识破且看起来全无必要，这让她一度怀疑他有一种以说谎为乐的人格倾向。再后来，他终于在原则问题上撒了个漏洞百出的谎，狠狠击碎了她一直以来的侥幸心理。一年前，在一次痛定思痛的正面交锋后，理性战胜非理性，她与他分了手。

又或者，墨菲定律的又一种更浅白的应用是：即使你非常不想接到一个人的电话，但只要他（她）有一丁点儿联系你的动机，哪怕达到目标的可能性是极其渺茫的，他（她）还是会坚持不懈地拨打你的电话。

异国的半夜不知几点，电话铃声把她吵醒。又是他。她这次真是没好气了："有病吧你，知道现在几点吗？"

他蒙了："下午三点？"

靠，杀千刀的时差——她心里暗骂一声。"我现在国外呢，这边是半夜，我这是国际长途有事说事没事我挂电话了。"

"对不起，我不知道你出国了……跟男朋友？"

"自己。有事吗？"强压着火。

"我想问问你我妈妈的电话号码，我手机丢了，只记得你的号，我想你应该有她的号码……"

"成，你挂电话吧，我微信给你发过去。"

"先前你把我微信删了……"

"成，我查找你手机号加你微信然后给你发过去。"

挂掉电话打开微信，添加朋友，查找手机号，180……180……她记不得他的手机号了，几个数字在脑袋里来回绕，但顺序是混乱的。

回国后，闺密们为她接风，顺便把大包小裹代购回来的东西瓜分了。她说起前男友的几个电话，吐槽他不知要干吗，闺密们笑她："你傻呀，这明显是要复合啊！"

"是吗？"这个答案有点儿像秃子头上的虱子，可由别人说出来还是能把自己吓一跳。

都问她："要是他直接提出来，你怎么办？"

一年，足够忘记一个人、一段感情吗？如果在一起的好是可以忘记的，那么那些本以为不可原谅、不可跨越的，是不是也可以在这忘却中轻易地得到宽容？宽容并不是一个居高临下的字眼，是平等地接纳甚至悦纳——她能做到吗？重新接纳一个人比开始一段新感情需要更多的勇气，被辜负过的信任、蹩脚的谎言、势不两立的理性与非理性……她糊涂了。

任谁都会糊涂吧。

好在他有日子没再打电话来了。也许他不过是电话簿里没人，闲极无聊才拨给她吧。她心里有点儿失落，她不许自己失落。

日子一天天过下去。又一个独自一人的加班夜，电话响。是他吗？她心扑通扑通狂跳，拿起手机：靠，是卖保险的。到了这个地步，她真要搞出一个分身来指着自己大笑三声了。安定心神，继续加班。

手机又响，是微信，这回真的是他：我 × 行卡的密码忘了，咱们俩一起设的，是多少来着？

她把密码告诉他。她都忘了，两人原来曾经如此亲近，她手里还有他房门的钥匙——分手时她还给他，他没要。

走出写字楼，远远看见白天挤得没半个车位的停车场还剩下孤单单一辆车。

居然还有人比我晚？她想。

车的大灯闪了一下，门开了，有人从驾驶座上下来。是他。

分手一星期，前男友到公司楼下来接你，难免让人小鹿乱撞而面若冰霜。那么，分手一年呢？

c h a p t e r 1 4

是我**想太多**

/

你总这样说

/

Detail oriented

《想 太 多》

总有一句歌词

Lyric

打湿你心

Heart

////

“想太多”的人总是活得更辛苦一些，他们身边的人也是，跟他们谈恋爱的人更是。而如果两个想太多的人非要好死不死凑在一起谈恋爱，画面可能就美得让人不敢看了。

我认识一个想太多的男人——一个大男人被称“想太多”，似乎有些尴尬，但他确实想太多，深为其苦却难以改变。他举例说，一次去商场买东西，售货的美女眼神稍有不对，他就开始犯嘀咕：“是不是我衣服穿错了，看起来太寒酸不像能进这种商场的人了？”类似的问题开始在他脑中盘旋，他开始怀疑人生，一疑就是好几天。而当时售货的美女究竟是什么眼神，居然令他内心起伏如此巨大，答案已经无法知道。我们能够知道的是，对于一个神经稍微大条点儿的人来说，只要售货小姐不把眼睛翻到只剩下眼白而看起来性命可危，那就实在没什么大不了的。

这位想太多的男士，恰巧爱上了一个想太多的姑娘，而这个想太多的姑娘又来自一个想太多的家庭——为什么这么说呢？姑娘先后几个男朋友都因为这家人想太多而告吹：

A 先生初次提出该来拜会未来的岳丈岳母，姑娘的父亲就患了重感冒，拜会只好推迟；岳丈康复，A 先生诚意满满，再次提出拜会请求，岳母摔了一跤，骨折，再次推迟；三次提出，台风来了……赶在 A 先生第四次发声之前，姑娘背靠双亲抢占先机：咱俩还是算了吧。

接任者B先生，青年才俊，细致周到，眼看就要谈婚论嫁。姑娘找到意中人，豁然开朗，不由心宽体胖了起来，B先生像个瞎子一样爱着气球一样日渐膨胀的小胖丫头，真是天作之合。两人去旅游，相约蹦极。绑绳子的时候，B先生好死不死地问了工作人员一些专业问题："这绳子能承重多少？"更好死不死的是，问完之后，他还做出一副若有所思状，好像暗自在盘算什么。后来，小胖丫头才知道B先生本来打算在绳子甩下去，两人的脸眼看要触到水面时提出求婚，那么那时候他或许是在没话找话化解心中的紧张，或许在盘算一会儿怎么起承转合使求婚一气呵成。可惜一切都止于此了——想太多的胖丫头三两下挣脱了已经绑了一半的绳子："分手吧。"

B先生一头雾水，姑娘"哇"一声大哭起来："你嫌我胖，你还在那儿算我多少斤！太伤人了！"

现在轮到前文说到的这位想太多先生了，按照先来后到的次序，我们索性叫他C先生。C先生与想太多姑娘一见如故人，再见误终生，三见就准备自驾蜜月旅行了。可惜从准备蜜月旅行开始就状况不断：出行前两天，C先生在高架桥上被追尾，万幸的是人和车都没事；出行前一天，C先生去给车做保养，再次被追尾，这次车屁股碎得稀巴烂，百万幸的是人仍旧没事；出行当天，C先生火急火燎地修好了车，想太多小姐准备好了东西，两人难得没有犯想太多综合征，怀着克服千难万险的喜兴之情上了车，出发——刚开出没两站地儿，想太多小姐一声断喝："停车！"

C先生一个急刹车："怎么了？"

想太多小姐指着挂挡处："那个，导航仪……没了……"

原来C先生带了个导航仪，想太多小姐说她本来把导航仪放在了挡位前，车开起来，她觉着放那儿似乎有点儿碍事，于是伸手去拿，想给它换个稳妥地儿，结果一伸手没摸到。往下掏，还是没有。稍微知道汽车构造的人都知道此处不该是真空的（又不是火车上的厕所），可导航仪千真万确不见了。想太多小姐愣了一会儿，倒吸一口凉气，这才大喊"停车"。

当时已经是半夜（白天时间都用来修车了），路上几乎没有其他车辆和行人。车没开出来多远，两人想总归不会不见的，于是展开了寻找导航仪之旅：掉头，原路往回开，一直开回出发地，地上清亮亮的，不见一物。往返几次后，C先生停了车，开始在车里找。把车里每个可能容纳导航仪的地儿都翻了，没有。此刻任谁都会有点儿气急败坏，气急败坏又逼出破釜沉舟——C先生索性拿了手电钻到车底，看那倒霉的导航仪是不是鬼斧神工地镶嵌在哪个缝隙里了。可惜澎湃的情绪未必能解决实际的问题，导航仪依然不见踪影。

这世界的人，有些很绝对，要么绝对唯物，要么绝对唯心，而大多数人则在中间的灰色地带，似有所悟，百口莫辩，一团乱麻。这对想太多情侣也恰是大多数中的成员。两人颓废地坐在马路边，默默无语地凝视着这辆居然能“漏”掉导航仪且遍寻不着的私家车，一时间不知从何说起。

最后，C先生说：“要不，咱改天再去吧？”

想太多小姐的眼泪“唰”就下来了。

正所谓感时花溅泪，恨别鸟惊心——可这是怎么了？

事后，C先生解释说，他因为当时集中发生的几件离奇事件而怀疑老天爷要给他一个明确的旨意——不宜出行。他顺便想起了他的妈妈还是婶婶还是姨妈反正是某个亲人给他讲过的同学的邻居的同事的婶婶还是姨妈还是谁的一次自驾出行，临出门时门锁突然打不开，全家人被反锁其中，只好打电话找了开锁公司才得以脱身，结果几个小时后在高速公路上车毁人亡；又想到某本书里读到作者写的自称“真实的故事”：一人因病去世，他的同学们前往吊唁，一中年男士说“保不齐明年就轮到我”，并号召大家留影，“再不照人就不全了”。大家都觉得参加葬礼没有照相的规矩，但最终拗不过他，照了一张。结果这人几个月后在一次意外中丧生，大家再聚在一起正是在一年后他的葬礼上……如此这般，C先生的脑内剧场跌宕起伏，久久不能平静。

一系列的内心独白让人登时对C先生刮目相看：“哇，原来您不仅想太多，还迷信。”

那想太多小姐为什么哭？就因为不能出去玩儿了？

C先生说，送想太多小姐回家的路上，她如泣如诉地梨花带雨地同时又是斩钉截铁地提出了分手，她是这么说的：“老天爷肯定是想说，我们根本就不适合——一开始给你点儿小惩戒，让你被追尾，人和车都没事，结果你没放在心上；后来又给了严重的，车瘪了，你没事，可我们还是执迷不悟；后来老天爷没办法了，把导航仪变没了……他一定是觉着咱俩太不懂事了……”

“哇，这闺女真是老天爷的贴心小棉袄。”

C先生继续转述想太多小姐的话：“不能再一意孤行了，不然不一定出什么事，下一个警告就得是针对我了。”

C先生虽然也觉得事出蹊跷，可当然不甘心就这么被踹，于是晓之以理动之以情，苦口婆心表忠心讲道理，力图挽回芳心。不知道是他哪句话没说对，想太多小姐越来越坚定了跟他分手的决定，也越发哭得不可收拾：“我们没办法的，你不要再说了，老天爷的决定最大，我们不能忤逆上天的，呜呜呜……对不起，你没有错，我也没有错，呜呜呜……请你原谅我，接受我的决定，呜呜呜……”

C先生就这么因为不可告人的理由恢复了单身生活。后来他无数次回到那块地方去寻找失踪的导航仪，有事没事就把自己的车从里到外从上到下地搜一遍。他的想太多综合征也越来越严重了，我们甚至不敢看他，怕他觉着我们哪个眼神不对，又要怀疑人生。

换季了，C 先生给车座换车套。一个手机大小的黑东西“啪”一下从副驾驶的座套里掉出来——是导航仪。它就那么安安静静地躺在那儿，一脸欠揍的无辜。C先生愣了五秒钟，拿起导航仪就去找想太多小姐。

遗憾的是，C 先生赶到想太多小姐家楼下的时候，恰好赶上另一位先生来接她，也许是D 先生，也许是 E 先生……谁知道。这位新晋先生开了一辆硕大无朋的越野车，衬得C 先生的车活像一个玩具，颇具喜感地戳在那儿。想太多小姐满脸笑意地被新先生扶上了驾驶座，看都没看 C 先生和他的玩具一眼。

C 先生更忧郁了，他说：“他们俩一定是老天爷安排的吧？他们要出去玩之前什么诡异的事都不会发生吧？”

我们说：“哇，他的车那么拉风，就算被火车追尾也不会瘪吧？”

我们又说：“你那车罩的是什么座套，导航仪能平白无故从外头钻进去，一般座套想塞进去都很费力吧？”

C 先生愣住了，摆出一张想太多脸来——他又开始怀疑人生了。

总 有 一 句 歌 词

L y r i c

打 湿 你 心

H e a r t

////

chapter 15

在**心**上

/

却不在**身旁**

/

Misty moon

《白月光》

你是我

不能言说的伤

想**遗忘**

又忍不住**回想**

想**流浪**

一路跌跌撞撞

你的捆绑

无法释放

每个人

都有一段**悲伤**

想隐藏

却**欲盖弥彰**

美剧《绝望主妇》里，五十多岁的主妇与三十多岁的精壮木工谈恋爱，情敌跑来拆台，问木工：“你知道她已经当外婆了吗？”

完美主妇拥有健康亮泽的红色头发、紧致细腻的皮肤、凹凸有致的身材……这还真是个……尤物外婆啊。

而今科技发达如此，各种美容驻颜手段粉墨登场，只要肯下力气花大价钱，美人总是可以迟些再谢幕的。不花钱的手段也不少，Photoshop，美图秀秀，随时随地修出一张美人脸，微信朋友圈里的女人们个个娇媚赛十八——年龄问题，似乎已经不是问题了。

然而，越隐藏越欲盖弥彰，年龄问题终有在不经意间暴露的时候，比如 K 歌。

如果你有一家老小乱入 KTV 的经历，就会明白年龄线分分钟在歌声中被划分得清晰而血淋淋。比如你永远不理解为什么曾经深受历史问题牵累的父辈那么热衷于唱红歌，表弟哼着无法听懂的韩国舞曲兴奋得像嗑了药，而外甥女每次都无比欢快地唱“喜羊羊暖羊羊”。同样，他们也往往不满于你总陶醉于那些要么没听过要么早就过气的歌曲，你的一脸深情很可能换来一车酸溜溜的嘲讽……年龄，是 KTV 包房里的金线。

前次在豆瓣看到有人吐槽，说因为“中国好声音”第三季的热播，“梦想导师”张信哲再次出现在公众视野中，一家媒体用了这样的字眼：素有情歌王子美誉的张信哲在歌坛“混迹”数年。我们可以从两个方面审视这一事件：首先，该记者文字功底不过硬，审稿的编辑又太马虎，不知“混迹”一词饱含着贬义；另一种可能，则是记者和编辑年纪尚小，不曾经历过张信哲大红大紫的阶段——而今三十岁往上数个四五年左右的这拨人，即使不喜欢张信哲，也绝不敢否认他曾经的大红大紫，随口哼两句“我的爱如潮水”更是小意思，恰似当年人手一本《挪威的森林》。遥记念初中时，似乎对我有意的同桌曾经旁若无人地冲着我大唱张信哲的《过火》：“怎么忍心怪你犯了错 / 是我给你自由过了火……如果你想飞 / 伤痛我背……”

天啊——虽然当年我只有十五六岁，作为一个东北大妞儿，依然练成了一身虎胆——我怎么了就过火了？我是交际花吗你背背背个毛啊！

跟同龄或年纪稍大一些的人去K歌，张信哲歌曲的点播率极其高，男女都爱唱，虽然到副歌部分都可能有点儿唱不上去，总之重在参与，诚意第一，有的没的总要比画两下。

一次唱啊唱啊，突然蹦出一首歌——《白月光》。

“哇哇，这个歌我最喜欢了，谁点的？这么了解我！知音啊！”

“这不我代表作吗？麦给我！”

……

一片混乱中，两支麦在沙发间飞来飞去，最后被一员女将全部牢牢掌控起来。“都别抢了！这是老娘的御用歌曲！都安静！坐好！不许喧哗不许嗑瓜子！”

鉴于这位姐们儿是真正的女汉子、练家子，少女时期在体校专门修炼耍大刀，婚后三板斧一劈，把老公治得服服帖帖，江湖人称“功夫熊猫”。迫于此等淫威，惜命如金的我等鼠辈们立刻安静了，双腿并拢，挺胸抬头，双手规规矩矩放在膝盖上。

白月光

心里某个地方

那么亮

却那么冰凉

每个人

都有一段悲伤

……

没想到熊猫姐居然唱得很好。如泣如诉，如琢如磨，与她平素的粗枝大叶判若两人。

你是我　不能言说的伤

想遗忘　又忍不住回想

……

熊猫姐唱不下去了，把麦递给大气都不敢出的旁人。旁人哪敢接啊，赶紧说："你接着唱吧，唱得多好啊！"这倒未必是恭维话，确实唱得不赖。

熊猫姐还是拒绝，硬生生地把麦递过去。大家赶紧把果盘之类举过去供奉着："渴了？饿了？吃个花生吧……"

不说还好，此话一出，熊猫姐"哇"一声哭出来。

情不知所起，又不可抑止，越劝越哭，一路哭到抽抽搭搭，瑟缩在沙发的角落里了。大家也知道熊猫姐是性情中人，如此兴师动众，必有隐情。既然如此，索性也不劝了，让她哭个痛快吧。

周杰伦的歌里唱"给我一首歌的时间"，熊猫姐大概哭了三五首歌的时间，才终于从巨大的悲恸中恢复神志，给我们讲了她曾经的青葱故事。

原来熊猫姐还是熊猫小妹的时候，在研究生同学的介绍下，结识了一个军校男生。正所谓一个是东北一枝花，一个是巴蜀帅男娃，天雷勾地火，迅速成为只羡鸳鸯不羡仙的如花美眷。北方男生历来比较傻大黑粗，这位巴蜀兵哥哥特有的细腻温柔彻底打动了熊猫小妹的芳心——他对她有多好呢？

“有一天，我去他的宿舍找他，我看书，他也看书。我突然说‘好想吃花生’。他蹦起来‘嗖’一下就出去了。我还纳闷儿呢，他已经一溜烟跑回来了，手里拎着一大袋各种花生……只要我要，只要他有，什么都愿意给我。我们俩可真是谁也离不开谁。”如今的熊猫姐如是说。

怪不得一说到花生就哭得稀里哗啦。可是没听说现在的熊猫姐夫是军人啊？

“甭提了。”熊猫姐又说，“我研究生还没念完，他军校毕业分配，给他分配到云贵高原一个鸟不拉屎的山沟里。他走的时候，我从东北一路把他送到北京，我们俩在北京的火车站哭成了渣渣……”

众所周知，随军家属是个光荣而艰巨的工种，且光荣与艰巨程度基本相当。一个到了适婚年龄的北方城市独生女研究生不愿背井离乡命途叵测地去云贵高原当随军家属，虽然于情可惜，但于理并不算太薄情寡义。满 KTV 抢着唱《白月光》的，年纪都在三张往上，上有老下有小的、企事业单位中流砥柱的、每天睁眼就是房贷车贷的都大有人在。饱尝了生存的难之后，曾经的小愤青们都沉静宽容了许多，没人会因此指责曾经的熊猫小妹为什么不为了伟大的爱情而随郎怒上云贵高原。

饶是如此，熊猫姐大概自己心中有块垒，于是解释：“我一到南方就浑身长疙瘩。”

“你后来去找过他？”原来到底头脑发热过。

“没有，我去九寨沟旅过游。”

“哦。”没去过也好，不然只是徒增烦恼。

“我还有严重的高原反应，反应起来要命。”

“你怎么知道？”

“我后来去过西藏……”

总之，曾经的熊猫小妹与兵哥哥在火车站哭成渣渣后就此别过，他没有回来过，她也没再去过。一段正当好年华的金风玉露像闹钟一样按一下便被迫叫停。火车开走了，熊猫小妹肿着蟠桃一样红肿的眼皮一步三晃地走回住处。那年月还没有普及音乐手机、MP3，只有 Walkman。熊猫小妹的 Walkman 里单曲循环着当时正流行的《白月光》。兵哥哥临行前往她背包里塞了一大团东西，她也没心情看。

终于蹭回借住的北京同学家。同学是个白富美，老公在国外，常年自己住着大房子。见熊猫小妹哭得太惨烈，特意给浴缸放了热水和浴盐，想让她好好舒缓一下悲恸的心情。熊猫小妹边抽泣边去包里掏换洗的衣服，一下子触到兵哥哥塞进去的东西——是一大包花生。

说到这儿，看见果盘里的花生，如今的熊猫姐再次掉下眼泪来。

“我们到最后，连一次脸都没红过。”她说。

“脸没红过”大概是方言，意即没吵过架，没有过争执。

自此我们去K歌，谁都不点张信哲，生怕触到她的痛点。可惜有后入伙的，不知此典故，一次又点了《白月光》。那不知情的忘我演唱，皱眉闭眼做陶醉状。

白月光

照天涯的两端

在心上

却不在身旁

擦不干

你当时的泪光

路太长

追不回原谅

众人都有点儿屏息，想象不出当年的熊猫小妹挥别了兵哥哥，耳机里放着这样一首歌，承载着离伤，直面着内心年轻的怯懦，将何以度过孤独漫长的黑夜。那天，她很安静，斜靠在沙发上，不置一词。眼中星星闪闪的，大概是包房中跃动的灯光。

chapter 16

痛哭一场

/

不代表**悲伤**

/

是我想要**给你原谅**

/

Ripple

《荡漾》

总有一句歌词

Lyric

打湿你心

Heart

////

屏住了呼吸像**沉入深海**

凝视你竟然没一句对白

怕一眨眼一切都不存在

连做梦都有现实来阻碍

让一通电话任你去**疑猜**

要你去**感觉**我内心摇摆

不过几天你就清醒过来

偏偏我**痴心难改**

记得你微笑时的脸

让我有勇气孤单

如果我什么都保留

更让你**魂系梦牵**

张爱玲说，能够爱一个人爱到问他拿零用钱的程度，都是严格的考验。

男女之间有一些灰色地带，通常不会出现在纯爱文艺作品中，比如《欲望都市》中描摹过的第一次在对方面前放屁，又比如第一次谈钱，以及每一次谈钱。

钱是个敏感话题，敏感到如果跨过去了，大概就百年好合；万一跨不过去，大概仅止于此，没有然后。在两性关系里，钱可以是黏合剂、敲门砖，更可以是导火索和墓志铭。

关于此，我碰巧知道一个非常无奈的故事版本，足以令人喟然长叹。

男孩的父母早年离异。父亲是个颓废的败家子儿，根本指望不上。母亲美丽高挑风韵犹存，但没有学历和专长，为了抚养独子成材，委身于一位有家室的老板。转眼十余年，母亲与这位老板多少有了些真感情。男孩很争气，名校毕业后拿到美国的全奖通知书。

这本来是个没什么意外的故事，直到有一天老板诉说自己生意不济，濒临破产。母亲是个朴实的女人，老板给的钱都用来供儿子念书，并没偷藏什么私货，但还是倾囊而出，把仅有的几万块钱积蓄拿给老板去周转。

老板赌咒发誓，几度哽咽，说过了艰难时段一定重重酬谢这份红尘中的情谊。然后他拿了钱走人，从此再没出现。

关于老板失踪的真正原因，当然有许多猜想。有说他彻底破产，没有颜面再出现；有说他不过是觉着这么多年太亏了，捞回一点儿是一点儿——这种说法也并非全不靠谱，因为老板走了之后，这位母亲才发现，他还顺走了曾经作为礼物送给她的一块手表。

无论因为什么，总之事实是他再没出现过。母亲卖了家里的老房子，继续供儿子完成了学业。

没有钱确实是件悲惨的事，穷，万事皆休。但有钱就不悲惨吗？

在每个靡丽的都市中，都有霓虹灯一样闪耀夺目的姑娘们，让这个城市显得更加靓丽摩登，由不得你不看她。感谢社会文明的进步，使女性可以通过自身的智慧和能力安身立命，撑起半年天，勇做主人翁，正大光明地占有生产和生活资料。

当然，身上有了钱还不够，还要心中有爱。可惜有了爱的女人总是免不了犯糊涂，谈了感情伤了钱。

我的女性朋友大都勤劳善良，自强不息，仿佛一群披着美羊羊皮囊的喜羊羊和暖羊羊。她们通常不太有闲，但确实都不怎么缺钱。遗憾的是，当你足够好，未必遇上他。在与一个又一个人渣的近身肉搏中，我们你们她们，难免身心疲惫，晕头转向。众所周知，明知不合适、没未来却分不开是一种特别糟糕的状态，却有许多人前赴后继地深陷其中。这个时候，如何告别或被告别得不拖泥带水，便显得尤其重要。

有人率先使出了杀手锏——张口借钱。类似的事，居然不是一桩两桩。

在两人已纠结了一年半载，多多少少共过患难，互相赠送过稍显贵重的礼物，彼此没有功劳也有苦劳，但在还没有正式承诺的前提下，要不要借钱给他？同时，在两人越来越厌弃彼此，似乎都在重新考虑对方是不是自己要找的人，甚至不止一次地谈及分手的当口，要不要借钱给他？

“不”是这世间最难出口的字眼。

大多数女人都没有说“不”。女人是这样一种生物——当她们真的动了感情，母性会不自主地汹涌澎湃，一发而不可收。对方稍有不顺遂，有需要她们的地方，她们就恨不能为他两肋插刀，仿佛唯有如此，才能无愧于一份伟大的爱情，表达对男人的支持和疼爱，慷慨得好像她们的钱是大风刮来而不是无数个透支自己的加班夜赚来的一样。于是，她们转了账，借了钱，获得了内心的安宁，给了爱情一个交代，接下来的时间，只剩下坐等收割迥异的结局。

有的女人因此打动了还算靠谱的男人。有的呢？损失了一笔钱。

有个姑娘在深夜接到了男人的求助电话，急需她给他打一笔不多不少的钱，多到不是谁随随便便就拿得出的，少到不至于让她伤筋动骨。他理由拙劣，言辞紧绷，全然没有最近频繁争吵时的条分缕析和洪亮嗓音。她没说话。男人以为她有顾虑，继续赌咒发誓了一堆废话。

她说，我已经在转了。

转账两次都失败，第三次，成功了。男人很快收到了银行的通知短信。她随即在微信上给他敲了一行字，眼泪噼里啪啦掉下来。

第二天，她打电话给他，接电话的是个年轻女人。握着手机愣了两秒钟，她挂断了电话。

从此，两人货真价实地相忘于江湖。

每次说起这个事，她都被朋友们指责太傻，而前男友自然被骂渣男，大家说你应该去法院告他，或者至少也去他家门口泼个油漆什么的……群情不那么激愤的时候，也有人真心求问：你转账给他的时候，究竟是怎么想的？

她说，前两次转账都莫名失败的时候，她想，哈，老天爷也心疼我挣钱不易呢。第三次成功了，想，这可真是明知不可为而为之啊。

又说，一边哭一边打下那行字的时候，真切地感受到心在一点点地下坠——再不说的话，以后就没有机会了吧。

哭完了，微信发出去，一颗心才轻飘飘也沉甸甸地落了地。事已被他做尽，话已让她说尽，今后对这个人不会再抱希望，许是再也见不到了。见不到，就是死在昨日。所有那些记恨埋怨，由不得你记挂，一并彼此原谅了吧。

你微信都跟他说了些什么呀？

“之前你一哥们儿开玩笑问我，如果你求婚，我会不会答应，我说那我得考虑考虑。当时你还因为这个事不太高兴。其实我的答案是：Yes。”

她说，最后，她在心里对他说：如果这就是你要的，我成全你。

总 有 一 句 歌 词

L y r i c

打 湿 你 心

H e a r t

////

chapter 17

我是一个**爱情的少尉**

/

前来**攻占**你心中的**堡垒**

/

Love lieutenant

《爱情少尉》

爱情，如果是一种真切的情感存在，是会成长的吗？

有人说，从开始的电光石火海誓山盟，到后来的相濡以沫，到最后的老来相伴，是爱的成长。也有人说，从恨不能据为己有而哭着嫉妒到目送一生所爱离开而笑着祝福，才是爱的成长。

这样说来，我倒是认识不少人，尤其是女人，只拥有从不会长大的“少女之爱”。

“少女之爱”们或将一腔脚不沾地的深情专于一人，或陆续散于多个过客，几十年不动摇。她们似乎总在小鹿乱撞，总在春心荡漾，跟爱人在一起的时候要么羞答答要么娇滴滴，无论自身已经如何优秀成熟，对他却总能保持着仰望的姿态，仿佛永远学不会做一个不卑不亢落落大方的人妻。

某个“少女之爱”曾经用单薄的肩膀扛着精心准备的礼物，一年四季风雨无阻地坐着轰隆隆的绿皮火车穿梭于两个城市，只为探望一个无论地理位置还是心理距离都遥不可及的心上人——这一幕单单想一想也充满绝望的诗意，基本可以等同于一场凄美的行为艺术，尤其当故事的主人公是一个身高不到一米六，体重只有八十斤的女孩的时候。

这一年他的生日，下了很大的雪。她急匆匆去取了前一天订好的蛋糕，火车站推推搡搡的人群里，她绷紧双臂和表情，尽量让蛋糕保持端正的姿态。窗外的天色越来越暗，雪越下越大，她忐忑不安，同时豪情万丈。

她忐忑不安于他将如何应对她的突然到访，这会不会令他的生日没那么快乐了。她又豪情万丈于自己对他的爱意在大雪纷纷而下时到达了一个顶点，她仿佛爱他到无以复加。如同茨威格在《一个陌生女人的来信》里所写："我毫无阅历，毫无思想准备：我一头栽进我的命运，就像跌进一个深渊。从那一秒钟起，我的心里就只有一个人，就是你。"

当她细小的身躯终于汹涌着爱意站在他宿舍楼下时，她的忐忑不安应验了。男生在感情的进化上比女生迟钝低级得多，这是不争的事实。当二十岁的女生已经能从琐碎的日子中感知英雄般的爱情梦想，男生们还傻鸟一样在用运动和网游发泄青春末期的动物本能呢——所以，直到她的睫毛上都扑满了大片大片的雪花，他才套着一件皱巴巴的毛衣晃晃荡荡地走下来。

"哦，是我生日啊，我都忘了。谢谢啦。"

他心不在焉，似乎还想着跟室友打的那场意犹未尽的网游，懒洋洋地接过蛋糕。"学校也没地儿给你住啊……不过这个时间还能赶上最后一班车回去。"

"我还买了蜡烛，我们能一起吃块蛋糕吗？"她说出最后的要求。

她之所以如此要求，并不是因为小清新，而是太饿了。因为只想着及时给他送蛋糕，她午饭和晚饭都没吃，而作为一个穷学生，买了蛋糕，又要付往返的火车票钱，这个月的生活费早已超支，实在无法再负担火车上的天价盒饭……她掌握了他的生日信息，却没能掌握天气变化，而且她心存侥幸地想，再怎么说他也会留她吃一餐饭吧？

她捧着一个香喷喷的奶油蛋糕，却饥寒交迫，活像卖火柴的小女孩。

雪还不停地下，宿舍楼下除了他们俩再没有其他人。全是窟窿的破毛衣明显抵挡不住室外的酷寒，他的耐心在跟体温同步流失。他几乎是在驱赶她了："你疯了吗？出校门打个的吧，一会儿末班车都赶不上了。"

因为雪太大，因为已饿到虚脱，又因为时隔近十年，她已经说不清那天他有没有送她到校门口，为她拉开出租车的车门。她唯一记得的是，她在漫天的大雪里抖得乱颤，街上一片冷寂，根本没有出租车的影子。阴天减半下雨全完，大概雪天更完，校园附近密密麻麻的小饭馆没一家开门。沿着围墙走了不知道多久，她没有栽进她的命运，而是栽进了一家居然亮着灯的拉面店。她一口气吃了三大碗面，连面汤都喝得干干净净。

任何一个稍有阅历的人都会在这样一段关系前止步，但这位"少女之爱"没有。少女容易伤怀，却不大计较得失，把爱刻在石头上，怨却随手用树枝在沙子上划拉两笔，风一吹就散了。所以，在这个肃杀的雪夜之后，她依然爱了他好几年。

李宗盛的歌里说无论曾经怎样在爱里颓然倒地，“如今几乎懒得提”。时过境迁后再说起这些，当然可笑可叹，尤其已嫁作他人妇之后。不过，提起的切入点不是悲情，而是自嘲。提起的契机不是思念，而是忆苦思甜。看现世多安稳，当初又多么傻。

她这样说着，宛如任何一个世俗意义上“嫁得好”的小妇人。这不免让人担心啊——作为一个天性中深藏“少女之爱”的女人，万一哪天突然厌倦了此刻的小日子，再被哪位潇洒的浪子打动了芳心，岂不是人间惨剧？

“啊呀时间差不多了，快走吧，我老公明晚出差回来，我得回家准备吃的，给他做一顿大餐。”每次聚会，婚后的“少女之爱”总是第一个张罗散席的人。

“不是明晚回来吗？现在急个毛！”

“有些食材要提前准备嘛！比如这个汤底啊，要先用骨头熬，熬成白色，再放到凉，把上头凝固的那层脂肪刮掉，剩下的才是高汤，可以煮面、熬粥……”

“用浓汤宝不就得了，你也不嫌费煤气吗？”

“那怎么行！做给老公吃的东西一定要有爱心在里

头——浓汤宝，亏你们说得出口。你们怎么不说直接叫一份KFC外卖呢！”

“那也行啊，更省事了。”

“啊呀不跟你们说了，我要去超市买大骨头了，去晚了好的都被人抢光了……”

她嘀嘀咕咕地走出去，依旧是不到一米六的身材，只是比十年前稍稍圆润了一些。“我老公看到我做的一桌子菜一定贼高兴，都是他爱吃的！”她眉飞色舞。

一个不到三十岁的小娇妻冲进超市晚高峰的抢购大军里，没一会儿已经被胖大的中年主妇们甩来扔去了好几轮，但依旧锲而不舍地抢到了几根她满意的大骨头。喜滋滋地把骨头放进购物推车里，又冲向下一个围成椭圆形的人墙。她大包小裹地把这些东西扛回家，待汤水煮到奶白色，静置几小时后，刮下最上层的脂肪，存下一锅高汤……这比为了爱情拎着蛋糕在雪夜搭乘绿皮火车更像一场行为艺术，只是充满温暖，并不凄美。

流水带走光阴的故事改变了每个人，但“少女之爱”们是不会变的，无论作为人妻、人母、婆婆、丈母娘甚至外婆和奶奶。不过，当她们初次感知到自己已经一头栽进命运时，并不知道关于她的所谓命中注定，未必是当下的这个他，或者是后来的他、他和他，而是“少女之爱”本身。“少女之爱”

与成人世界某些欲擒故纵或纵使举案齐眉终究意难平的潜规则毫不搭界，她们勇敢、直接、甜腻，从不在爱里权衡利弊。

纵使有一天，“少女之爱”们已不再年轻，只要跳乱了一颗心，揽住爱人的臂弯，她们依然精灵纯洁，如一头山间小鹿。

chapter 18

你存在

/

我深深的脑海里

/

You are in my mind

《我的歌声里》

总 有 一 句 歌 词

L y r i c

打 湿 你 心

H e a r t

////

没有一点点**防备**

也没有一丝顾虑

你就这样出现在**我的世界里**

带给我惊喜

情不自已

好像是一场梦境

命中注定

剩下的只是**回忆**

据说对于年轻姑娘来说，有这样几种人是绝不能嫁的：离婚两次以上（含两次）的中年男人、没结过婚的中年男人、开二手吉普的中年男人以及浪子。显而易见，中年男人是“地图炮”的主要受害者，而浪子则鹤立鸡群，像是智商测试题目中必须从 A、B、C、D 中摘出的不和谐项。可如果把浪子这个词拿出来单独考量，又让人联想到白衣少侠、横刀策马之类的画面，甚至带有隐隐约约的褒义了。

我恰好认识这么一位浪子先生，他几乎是“不能嫁”的活体标本：开着二手吉普的中年未婚浪子。不能嫁，却可以当哥们儿，喝酒吃肉，谈天说地，不失为美事一桩。无论古今中外，远远看去，浪子总是可爱的。对酒当歌，人生几何，譬如朝露，去日苦多。然而，我从前也不止一次地写过，酒越喝越厚，总免不了有些个走心的瞬间，澄净的心思在电光石火间闪现，冷不防就说出几句大冒险一样的真心话。这样的时刻总让人有点儿唏嘘的错乱，仿佛窥破了肩负无情剑的剑客原来如此多情的秘密。

一次聚会，时间差不多，大家张罗着收杯，浪子先生却嚷嚷着再来半场。可胳膊拧不过大腿，最终大家还是三三两两散场回家。路上刷朋友圈，见浪子先生拍了几张空酒瓶的照片——他到底自己又买了酒，三两下喝干，在车里和衣睡下了。当时正是初秋天气，车停在露天，我因此有点儿担心，即使他借着那点酒劲暂时不觉寒冷，恐怕下半夜也要冻醒。

再聚在一起时，又是一片其乐融融，没人提起他一个人的宿醉，虽然大家应该都看到了他的朋友圈。散场时，他又把自己喝得醉眼蒙眬，只是不再挽留众人。临走，我叮嘱他一句："别再把自己关在车里喝了，天儿冷，早点回家吧。"

人心是很微妙的，只是平常的一句，大概就让他觉得我算个可以聊聊心事的人。于是，在接下来的数次聚会中，我知道他有过一个爱人——"爱人"是他的用词。他们差一点儿就结了婚，并且曾经彼此指认，笃信对方就是自己的命中注定。只是现实磨人：分开两地、物质差距、个性太强……各种阴差阳错无能为力，任何有恋爱经验的人都可自行脑补——反正到底没在一起。分开后，她留在北京他们一起住过的地方，他四处飘荡，直到今天。

俗话说，不管什么样的分手都是爱得不够多——似乎只要真有心，总是可以挽回，也应该至少做做挽回的姿势。然而，人生如此，偏有天时地利与人和样样不占的时候。他说，她最后一次打电话过来，是分开之后三个月，她语气肯定地问他："我想你，你想我吗？"

其时电话这边的他刚刚端起酒杯为家中的长辈祝寿，多少双眼睛盯着他。道出一个“想”字何其容易，在当时的场合却有些难为。他憋红了眼睛：“这个事……我回头给你打电话。”但等散席再打电话过去，她已经拒接，只发过来一条短信：你的意思我懂了，以后不会再打扰你。

生活有时候荒唐残酷得让人不忍直视，自此一别几年，两人再没联系。

时间一晃到了夏天，一天傍晚，他打电话来，我以为又是张罗聚会，接起来，却听他说：“我在北京呢。”

哇，到底去找她了？

可惜日子不是偶像剧，他此行是带母亲去北京看医生。

“哦。”不免有点儿八卦落空的索然，“老人身体怎么样？”

“没什么大事，明天就准备回去了。”

“嗯。”我有点儿蒙——那么他打电话过来干什么？

“我现在我和她住过的小区，就坐在楼下，我看见窗户开着……我已经抽了半盒烟，不知道跟谁说……你说，我要不要上去？”

接下来，他絮絮叨叨，说起两人之间的琐事：打打闹闹，分分合合，砸东西，闹别扭，吃醋，她半夜饿了，他起身给她炒鸡蛋，她嘻嘻捧着盘子吃完，她好强，漂亮，聪明，脾气差……北京的天色应该也跟我这边一样彻底黑下去的时候，他还在不停地说。我一度以为他已经忘了给我打电话的初衷，因为他似乎已经不需要我给个意见：上楼找她，或转身走掉。

这样不知道说了多久，他大梦方醒，再次问我："你说我要不要上去？"

我想起刚刚读到的一篇访谈，里面有范冰冰的一段话。我找到，读给他听：

我能理解。其实不管是什么，只是找个理由再次相见。不管曾经因为什么而分手，此刻只要能见到你，能见到你就都是好的。不管你们曾经如何争吵，不管因为第三者还是性格不合，或者各种各样的生活问题。你们分开了，那个时候你怒骂过，斥责过，鄙视过，说出了最难听的话摔给他——但是你深爱，这是重点。过了之后，你想了又想，那都是什么屁事啊，为什么我们会这样？现在看来都不算什么，但是那个时候，我们就是过不去了。然后过了就是过了，没有了，你没有办法再回来……

他全程没再出声。我读完，听到电话挂断的嘀嘀声，我没有再打回去。

再接到他的电话，他已经去了别的城市，不能再跟大家不定期聚会。作为一个浪子，他当然可以四海为家，行踪不定，没有人觉得稀奇或因此心生责怪。他说，那天他听完我读的这段话，正好抽完了一整包烟，电话也没电了。一切都刚刚好，他一瞬间很释然，转身走了。他又说，也是怕自己这么唐突，会打扰她现在的生活。“过去这么多年了，她一定已经有了新生活。她那么好。”

“我每天都会想起她。每一天，不一定什么时间，不一定在做什么，她一下子就从我脑袋里蹦出来了，我就开始痛苦，什么都做不了。但现在我想明白了：每个人在别人的生命中都有一种存在方式。我妈，我同事，我朋友，我同学……这是他们在我生命中的存在方式。而她在我生命中的存在方式就是：我每天都会想起她。”

这就是我认识的一位浪子先生，和他的故事。

总有一句歌词

Lyric

打湿你心

Heart

////

c h a p t e r 1 9

她摘下爱情

/

不回来了

/

Without you

《没有你了》

笑容**睡着了**

而**眼泪**还醒着

呼吸慢慢的

像吹着以前的味道

眼睛**绽放**着

而**眼神**枯萎了

那**呵护**的人

她**摘下爱情**

不回来了

誓言变成空白

大学女生宿舍里，她和男朋友这一对最惹人羡慕——帅，成功人士，谈吐潇洒，苦追她到全校皆知，似乎什么都能做到，什么都愿意为她做。因为他的存在，女生们看着自己身边灰突突的男友，突然集体气不打一处来。

被殃及的无辜男生深受其苦，忍不住嘀咕：哼，有钱就了不起吗？！

女生更不爽，杏目圆瞪：呸！人家那叫浪漫！

是啊，对于二十岁的女生来说，世上无难事，只要够浪漫。

这样风光的一对，居然分开了，真是全无道理。她比往常稍早地结束了一次平常约会，肿着眼泡回到寝室，三两步爬到上铺，被子一蒙，两天没下床。

当然有明眼的女生最早发现端倪：呦，该不是分手了吧。

这事不能当面提问，何况她并不给谁提问的入口。男生们开心了：嘿，这个瘟神总算消失了。女生们感觉微妙，一边三五个私下叹息可惜了，一边对爱情的真谛突然有了点释怀的领悟：嗯，看来还是自己身边这个小子可靠，虽然卖相一般了点，至少能把握啊。大家的心情不由得集体为此舒展，女生饭量加一两，男生踢球更卖力。

可惜，夜礼服假面不会轻易消失，浪漫爱好者有其独有的坚忍节奏。在所有人都以为这件情事已成为往事的一个晚上，浪漫的前男友突然出现在了宿舍窗下。

他先是点起了一地的蜡烛，拼成心形，然后大声呼喊她的名字，请求她的原谅。饶是如此烂大街的伎俩，依然足够打动二十岁的女生。艳羡的啧啧声从女生宿舍区的各个窗棂中透出来，他脸上几乎已经挂上胜利者的微笑了。

她当然听到了呼喊。越来越多的女生聚集在她的寝室门口，以图近距离观赏爱情真人秀，为有生之年能亲眼见证这种浪漫传奇而感到与有荣焉。她不慌不忙地掏出手机，按下一串号码。

“喂，校保卫处吗？我是 ×× 系女生宿舍，楼下有个校外人员大声喧哗……”

楼下的痴汉终于被保安叉出去时，观众们哗啦啦一哄而散，寝室门口的围观群众也只得悻悻离开。一夜之间，她的冷艳无情成为校园最火热的头条，这次分手更成了一桩悬案。

她当然是有朋友的，二十岁的女生友谊，可以亲近到没有距离。他来演过这出喧闹独角戏后，她又萎靡了几天，这难免让真正关心她的朋友担心，于是趁无人时问她究竟是怎么回事。她不说，两行泪滚下来。朋友不忍心再问下去了。

又过了一段时间，神通广大的浪漫前男友再出奇兵，不知怎么买通了校园广播站——由于他们的分分合合已成为校园八卦最热帖，他又有非凡口才，说服个把有浪漫情怀的学生 DJ，倒也不是全无可能。总之，在晚饭时段，校园广播中突然传来一段告白，并言明是献给 ×× 系 ×× 届的 ××，追溯认识的始末，说我不能没有你、希望你原谅我、从此携手继续前路云云，感动得一众女生鼻涕一把泪一把，男生们则敢怒不敢言，在心中大骂矫情，预估自己又要有几天被女友看不顺眼了。

她正跟朋友在食堂吃饭，广播喇叭中的这番告白如风入松林，飒飒于校园之中，每个人都听得真真切切，于她却像春风过驴耳，该吃吃该喝喝。浪漫先生的粉丝们气得不行——看她那冷酷无情的嘴脸！

周遭的气氛越来越怪，她吃完了饭，跟对面的朋友说：走吧。

一步步走出食堂，告白还没有结束。天色黑了，她脚步很快，像要逃离这个聒噪的是非之地。朋友一路小跑跟着她，一直走到无人的树丛边，她突然转过身来，脸埋在朋友肩膀上，哇地大哭出来。

哭声如风声呼啸在耳际，席卷之处，分毫的浪漫也没有了。一个二十岁女孩听着另一个二十岁女孩的哭声，不问，不说，单单从哭声中却也听出不能回头、不能原谅的决绝，和为这决绝哀鸣的绝望来。

她哭啊哭，以至于朋友对这哭声已经习惯，好像那是身体固有的属性，是天生就能听得到的自然的声响。她哭啊哭，哭得自己也累了，累得忘了为什么哭，终于停了下来。

朋友怜惜地将她额角哭乱的刘海儿整理好。

在这之后，她依然没有给他任何回应。他就此偃旗息鼓，至少没再搞出太大的动静来。

十年后，说起当年情，互相讽刺真是傻到家。我没有提起这次著名的分手事件，是她自己说：他骗我说他是单身，其实是有老婆的，我发现了呀。

原来事情如此简单。声嘶力竭拉扯过的爱恨情仇，一句话就说得明明白白。

他再浪漫，她再不舍，也没有任何转圜余地。不能回头，不能原谅。

十年过去了，她依然没有确定的对象。爱情的钟摆似乎停在了时间轴上的某一点。

三十岁清楚灰色地带存在的合理性，四十岁游刃有余地驰骋在一望无际的混沌中，但二十岁只有非黑即白的对立。越是深入地了解人性，越是对各种诲淫诲盗见怪不怪，越习惯对生活不抱希望，以免跌得太惨。

我真的很难再相信男人了，怎么相信？她说。

是啊。我附和。

其实我真正想说的是——二十岁的伤痛，就把它留在二十岁，不要总是背着抱着。放下它，向前走吧。

渣男都去死吧。她说。

嗯，去死吧。我说。

这句倒是真话，发自肺腑。

chapter 20

我不需要很确定的**方向**

/

我**只要**这段旅程够长

/

Single trip

《单身旅记》

总 有 一 句 歌 词

L y r i c

打 湿 你 心

H e a r t

////

这世道，大家都有病。或者说，如果你没有点什么病，基本等于脱离了时代。

病可大可小，可以是莫须有的密集恐惧症，也可以是看得见摸得着的迎风流泪。病的初期可能是厌人，于是能多宅就多宅，看谁都是地狱。后来慢慢自厌，恨不能把所有反光的东西都砸了，每天沉默着呼天抢地：我活着有什么意义？我怎么这么失败呢？活着怎么这么没劲呢？

最后得出结论：确实没意义。就是这么失败。就是这么没劲。

“为什么？”

“因为大家都有病。”

火鸡跟我说这话的时候，真的非常像一只火鸡——不是感恩节那种硕大的摆在餐桌上的火鸡，而是怒发冲冠仿佛马上浴火重生的火鸡。她因为失恋而把头发剪得很短，又染成了火红色，所以如果形容她像一颗红毛丹也是非常恰当的。

她坚信每个人都有病，也就是说，包括她自己，也包括对面的我。这样说来，她肯赏脸跟我这个病友会谈，我应该感到非常荣幸。但还没说两三句，她就像在烧烤摊上干掉一大瓶啤酒一样干掉了杯子里的咖啡。

“走，咱俩算命去！”

“去哪儿算？”

“他们跟我说大庙旁边有一家，贼准。”

东北大妞说话也狠叨叨的，“贼准”，一听这个说法，我也心旌荡漾了。

在过去的三年里，火鸡始终压抑着自己的火暴脾气，全心全意凹出一个让她男人待见的造型。不得不说，她一度凹得还挺成功的，以至于整个人看起来已经跟她本人都没什么关系了。而她男人这个人呢……说朋友的伴侣坏话总是不大应该，哪怕是前伴侣，不过客观说来，所有认识他的人，对他的评价都只有一个词：凉薄。

火鸡的前男友名字里有个“禹”字，开了一家摄影工作室，叫“大禹”。能不能治水不知道，但过家门而不入他绝对能做到。

三年前，火鸡二十六七岁，正是好时候，像枝头熟透的水蜜桃，灼灼其华，谁看了都想捏一把。大禹给她拍平面照，两人认识了。过去，火鸡一向靠欧美范儿行走江湖，穿上“恨天高”，搞个波浪头，倍儿有感觉。但大禹哥不这么说，他说火鸡身上有一种“隐藏很深的善良”，他的职责，就是用镜头挖掘她的善良。

他们这组“善良照”到底拍得怎么样，已经没人记得了。

反正在那之后，火鸡对大禹哥一见钟情，并将他口中所谓的“善良”理解为“温顺”“贤惠”之类的平面化意味。从此，她素颜、直发，V领换成衬衫，既没有事业心也不露事业线了。

当然有人看不得火鸡变成鹌鹑，说些“女人不能在爱情中失去自我”之类的话，但火鸡已经认准大禹是她的真命天子，人生重心全部倾斜到他的身上，开始了作为一个妻子的终极修炼，虽千万人她往矣。两年后，火鸡出门能找见十条街内的所有情趣用品店，回家能烧一手大禹哥最爱的菜，完美的都市人妻一枚。

火鸡认为万事俱备，可以进行下一步了。

“哪一步？”我们无知地问。

“废话，结婚啊。”火鸡猛翻白眼。

我们都为火鸡捏了一把汗，因为大禹哥是这样的人：两年来，他几乎是拒绝认识火鸡的所有朋友，甚至可以说他对火鸡的一切都不感兴趣。他不跟火鸡庆祝节日，也不送礼物。最重要的是，大禹哥从来没提出过同居或拜见未来岳母等看起来跟婚姻有关的邀约。

但火鸡胸有成竹，她说她很了解大禹哥，对他必须润物细无声，既然不能强攻，那就只能弱受……啊不是，智取。

第一步，她要争取同居女友的地位。

在一个夏天，她先跟房东讲好次月底退租房子，然后先后以热水器坏了、空调坏了、隔壁装修太吵等借口，陆陆续续将大部分细软搬到了大禹哥的居所。由于大禹哥对火鸡的生活本不关心，所以等他意识到他的个人空间已经受到了极大的挤压的时候，火鸡开腔了："我租约到期了，还没租到合适的房子，先在你这儿住一段。"

大禹哥再凉薄，也不至于大半夜把女朋友赶出去睡大街。

第一局，火鸡胜。

第二步，火鸡决心推动双方家庭层面的会谈。

这件事听起来就让人头大，很多人都是万事搞得定，但搞不定自己的爹妈。可火鸡目标明确，直接给爸妈订了机票，说是请他们来旅游。二老到了，火鸡也当真带他们玩了两天，晚上安排住在大禹哥家附近的商务酒店。

晚上，火鸡洗了澡，穿了一身性感蕾丝睡衣，懒洋洋地倚在门口吹头发。大禹哥不免被吸引，眼神唰唰唰地飘过来。

火鸡说："我爸妈明天来这儿见几个老朋友，来得挺急的，也没跟我打招呼，咱们俩请他们吃顿饭吧？"

我们已经无从推测大禹哥听到这话时的心情，总之，迫于种种情势，他答应了。

第二局，火鸡又赢了。

按照三局两胜的标准，火鸡已经成了人生赢家。可惜日子那么长，哪有那么轻易定论的胜败？第三局，火鸡打算趁春节假期跟大禹哥一起回家见未来公婆。她吃了秤砣铁了心，说就算大禹哥拒绝她，她也要尾随而去，必须要达到见到未来公婆的终极目的。

一个确定（至少自以为确定）自己要什么的女人真是坚定得可怕。她绝尘而去，不计代价，连沿途的风景都无心欣赏。

年底，大禹哥异常忙碌，经常出差。火鸡忙于琢磨自己的战略战术，也没太放在心上。在一次大禹哥的寻常出差后，卧室的五斗橱上躺着一封信，上面写着：既然你找不到合适的房子，我就自己租了新的房子，东西也基本搬过去了。这个房子我已经预交了一年的房租，你可以住下去。

当代大禹哥没有过家门而不入，而是直接把家扔了，连着家里的这个女人。

第三局，火鸡输了。一输到底，输成了秃毛鸡。

火鸡当然不服。她去大禹哥的工作室闹过几次，可惜没什么用。现在是法治社会，谁能把谁怎么样？打人吗？杀人吗？砸东西吗？放火吗？在工作室示威似的干坐了几天，火鸡自己也觉得没劲，回到了大禹哥预交一年房租的屋子里，很是与世隔绝地窝了一阵子。

在这个承载了她一步步周密计划、有过还算美好回忆的屋子里，她也许哭闹过，也许半夜睡不着吼叫过，也许不甘心，也许满心恨意，反正没人看见过。人们看见的，是她剪短了头发，染得火红火红的；她又穿起了大V领，踩上了“恨天高”。

但火鸡三十岁了，心气到底弱了一些。去算命的路上，她跟我说，过去敢上九天揽月，敢下五洋捉鳖，不信有比脚更长的路，不信有比人更高的山，可现在不成了，“看哪儿都是墙”。

算卦的说火鸡今年不破不立，必须丢开一切出一次远门，越远越好。远走之后再回来，换男人，换工作，换住处，重新开始，大好的前途和男人在候着她。

“出远门可以，什么方向？”火鸡问。

算卦的掐指算了半天。“大利西方。”

火鸡像一根长了红缨子的大萝卜，“噗”一声跳起来。“走，回去订机票！往西走，绕着西边转一圈，沿着纬线再绕回来！”

火鸡真的很快就走了。朋友圈从此满是她在各处流连的美照，酒杯举得高高的，阳光照得暖洋洋的。她的头发越来越长，束成一束，露出多年不见的光洁的额头。我们最初认识的那个火鸡又回来了，不再甘愿在厨房里日复一日地劳作，只穿男友认为好看的衣服，梳着一丝不乱死气沉沉跟她一点儿不搭的齐刘海儿。在路上的火鸡开始懂得欣赏沿途的风景，而且不再认可三年前大禹很可能只是随口说说的“善良”，她在朋友圈里写：忠于自己，才是最大的善良。

有一个夜里，我还在写稿，火鸡在微信上发来一段文字：

爱是想触碰又收回手。

这是塞林格的话。我正要敲个表情给她，她又发来一句：

我也有不对的地方，是吧？

该说对还是不对？我陷入两难，想要不索性装睡算了，反正现在已经是半夜了。

但远行中的火鸡好像一夜之间长大了，不像最初那么激烈，也不像之后那么封闭，在从一个极端到另一个极端之间的摆荡之后，她终于找到了自己该在的那个位置——你没有病，我也没有病，只是大家都不容易；人生或许没意义，但也不是完全没劲。

这天夜里，她没有等待我的回答，敲下一句话：

哈哈，不用安慰我，我还怨他呢。

你当然可以怨他，甚至应该怨他，你就这样一边走着，一边坦坦荡荡地怨他，直到忘记他吧。我在心里对火鸡说道。

几乎是敲下这段话的同时，她在朋友圈分享了一首歌。她备注说，这是她一路在听的歌：

背起行囊我要去远远方

远得可以把过去遗忘

我不需要很确定的方向

我只要这段旅程够长

我不需要很缥缈的天堂

我只要眼前风景如画

舍不得

一程一程的纠葛

舍不得

日甚一日的萧瑟

……

是“舍不得”，还是“舍，不得”？终究不得的，干脆舍了吧，也不必假装自己还有选择。

痛苦的回忆是一扇门，愿你打开它时，里面空空如也。

总 有 一 句 歌 词

L y r i c

打 湿 你 心

H e a r t

////

chapter 21

也许喜欢**想象你**

/

不需要抱着你

/

Yearn

《怀念》

有许多貌似值得祝福的事其实是很可怕的，比如你的两个好朋友突然谈起了恋爱。

在我的一次生日会上，一位男闺密异常躁动，而且过分具有服务意识，主动帮大家倒酒、端果盘、点歌，在别人唱歌时制造气氛，鼓掌喝彩卖力如小明星的脑残粉。我正琢磨这货怎么还没喝就上头了，他已经趁人不备偷偷蹭到我身边，在我耳旁小声说了一句什么。

几个疯子正在合唱一首 high 歌，包房里群魔乱舞，我的感官被塞得满满的，只听见两声模糊的嗡嗡，于是大声回敬他："大点儿声，我听不见！"

"那——边——的——美——女——是——谁——啊？"

"满屋都是美女，你问哪个？"

"穿——红——裙——子——的——那——个！"

"两个穿红裙子的呢。"

他明知道我是成心的，无奈太着急得到答案，只好丧心病狂地将音量提高到了男性的生理极限："长——直——头——发——眼——睛——很——大——腿——很——长——的——那——个！"

好死不死，他话音未落，high 歌正好结束。包房里陡然安静，他的海豚音横空出世，每个人都被吓一跳，冲我们看过来。

男闺密的脸色被KTV绮丽跳跃的灯光晃得红一阵蓝一阵。下一首慢歌的旋律怯生生地流出来，正好映衬了我的幸灾乐祸：“哦，你是说小美啊。”

大家看看他，再看看小美，集体发出看热闹不嫌事大的坏笑。

这之后的一段时间，男闺密变身大善人，频繁组织聚会，闪转腾挪于主动埋单第一线，聚会后又极具绅士风度地把没开车或喝了酒的女生们一个个载回家，而此时也在车上的小美一定是最后一个到家的。这招很巧妙，早有先人实践成功——《苔丝》里的罗伯特为了能抱抱苔丝，不也先仗义地抱了她的三个女伴过河吗？

如此明显的司马昭之心，人人得而助一臂之力。只要男闺密张罗聚会，熟不熟的朋友都乐于来贴桌混饭，言语之间都有意无意地赞男闺密多仗义多善良多钻石王老五……男闺密求仁得仁，在一片歌舞升平中与小美眉来眼去，关系迅速升温。

果然，这段日子里，小美开始在聚会结束后拨通我的电话，话题暧昧地七转八绕：“你到家了吗？”

“刚到家。”外套还没来得及脱呢。

“路上还顺利啊？”

“是啊。”十分钟车程而已，又不是跑长途。

“我想跟你说说话。刚才人太多，也说不上。”

“好啊。”好啊，但请说重点。

如此寒暄十分钟，小美终于开始围绕男闺密展开各种询问。他的基本情况，我就我了解的一五一十回答她，至于以往的感情状况之类则多多少少需要含糊而过——即使要说，也还是他自己说给她听比较好。听得出来，小美对男闺密并不反感，对我给出的答案也颇为满意。这样的电话随着越来越频繁的聚会也多了起来，小美的情态也越发含羞带怯。

突然有一天，男闺密和小美双双失踪了。打电话找不到，聚会不出席，却争先恐后地在朋友圈贴出各种风花雪月的小酸词，对着漫天雾霾吟诗作对，大中午吃到一碗不太难吃的炒面都要感谢上苍……每个过来人都知道，这事成了。

半个月后，男闺密高调复出，在微信群里形象伟岸地振臂一呼，张罗小长假自驾温泉游，当即迎来好逸恶劳小分队的一片云集响应之声。

出游当天，车队在环路集合，男闺密来得最晚。他中气十足地踩了一脚刹车，两扇车门“砰砰”打开，副驾驶迈下两条长腿。

小美冲大家嫣然一笑：“嗨。”

于是浩浩荡荡地出发，迎着朝阳，每个人的脸上都挂着行善积德后的慈祥笑容。

众所周知，旅途中可能出现各种突发状况，会把一个平时看来精明强干的人映衬得不能更蠢。我们非常不幸地遭遇了这一幕——出发到半程，男闺密的车莫名其妙地抛锚了。

车队停下来一起帮他想办法。大多数人建议拨电话找救援，可男闺密突然老夫聊发少年狂，恶狠狠地拍着胸脯说他可以搞定，随即从后备箱里拿出一堆扳子钻头来，两眼冒着绿光，秒变科学怪人。考虑到他大概想趁机在小美面前展现他的英明神武，再看他言之凿凿之态，好像确实有两把刷子，大家便各自回到车里听听 FM，看看 iPad 里的缓存综艺，刷刷微博，等他妙手回春。

前半小时，小美不理男闺密的苦劝，坚持陪他修车，主要负责递扳手、递水和擦汗，形似手术室里站在主刀大夫身边体贴默契的俏护士。在他们的悉心医治下，这辆老爷车似乎也受到了爱情的感召，争气地蹦了两下，惹得群情激奋，纷纷下车拍着男闺密的肩膀："你小子真行，还有这手艺！"

可惜好景不长（根本就是太短），还没等小美带着满脸荣耀的红晕打开车门重新坐上座位，车又熄火了。

不过男闺密是个有梦想的年轻人，立刻痛定思痛，声称找到了症结，请大家再给他五分钟。"五分钟，准搞定！"

此时小美也有些倦意，不过依然坚守岗位，手持扳手真诚地为男友充当发言人："他说再有五分钟就好啦。"

五分复五分，五分何其多。转眼二三十个五分钟过去了，这车连蹦都没蹦一下。

过了正午，大家消化了车上不多的零食，手机也刷空了电，插在充电宝或车载 USB 口上闪着令人不安的红光。实在无聊，索性在两辆车中间的空地围坐一圈斗地主，偶尔抬头看看男闺密那边的动静。他已经脱了上衣，满身机油，汗流浃背的身姿极其感人。小美表情尴尬，时不时来围观斗地主的战况，解释两句："就快了，他说就快了。"

到了这个程度，是快是慢、能不能修好车，对于我们来讲已经不重要了。车坏事小，丢面子事大。

很快到了下午，大家撕掉斗地主贴的满脸纸条，在各自的车里睡得横七竖八，突然传来隆隆的声音。都醒了，一看，是救援来把男闺密的车拖走了。

揉揉眼睛，都松口气，车队终于可以继续行进。糟糕的是，小美拒绝跟男闺密同坐一辆朋友的车。我从前挡风看出去，他去拉小美，被小美一把甩开。他愣了一下，没好气地拿起扔在一边的上衣上了前面的车。小美嘟着嘴甩着长腿，两三步跑过来，开门上了我的车。

两边都是朋友，我不知道说什么好，好在小美气得鼓鼓的，貌似也没有聊天意愿。因为时间比计划晚了几个小时，去往温泉的后一半路途天色越来越黑，到达目的地时，饭点儿早过了，众人都饿得前心贴后心，也无心等什么需要炖上个把小时的山野奇珍，赶紧找饭店炒了几个菜扒拉扒拉吃了。

大家一商量，说今天也没时间四处玩了，不如先住下，明天再说吧。有精力充沛的张罗打麻将，很快组好了几个局，男闺密也在其中，热火朝天地码起牌来。我只觉得全身酸痛，一个人去泡温泉。

天晚了，大池小池里几乎都没有人了。周遭很安静，我身心刚刚舒展了些，小美瘦长的身影出现在门口，在升腾的蒸汽里四处寻找着什么。我冲她挥挥手，她袅袅婷婷地向我走来。

她将肩膀以下浸在温泉中，与我并着排。

“我今晚跟你住。”

“啊？”这个不好吧。

“他们在我房间打麻将吵死了。”

“你们的房间大……他们一会儿就散了。”小美跟我住，男闺密何苦组织这次出游？他非恨死我不可。

“我不是气大家打麻将，高兴嘛，玩儿一下正常的。”

小美把身体扭过来，面对我，脖颈下两弯弧度优雅的锁骨。“我就是气他这么不懂事！跑长途之前不知道把车保养好吗？白天耽误大家时间，晚上还没心没肺张罗打麻将——我吃饭的时候都困得要睡着了，现在房间被占了，我怎么睡？！”

“他这人单纯，没想那么多……”

“嘁，他单纯！他一把年纪了凭什么单纯？！长脑袋是干吗的？白吃饭吗？！”小美一双星眸带着电，分分钟劈死直男癌。

“我刚才都想跟着救援车回去了。跟他出来太丢人。”小美又垂下头，一缕刘海儿从盘得蓬蓬的发髻上滑落下来。哇，美人卷珠帘，深坐颦蛾眉，但见泪痕湿，不知心恨谁。我瞬间被打动，心里也怪男闺密不争气、不懂事——这么个仙女不赶紧伺候着，你打个毛麻将啊！

当晚，小美跟我住，隔壁房间的码牌洗牌声喧嚷了通宵。

麻将斗士们第二天中午才陆续起床，我跟小美已经把周边玩得差不多，两拨人都互相遗忘得很彻底。午饭，大家聚在一起大吃农家乐，有酒有肉载歌载舞，小美还是执拗地要跟我坐在一起。没办法，我只好中途假托去卫生间，虚了自己的座位出来用眼神示意男闺密。好在他还没蠢到家，马上抓住机会。

等在外面溜达了三五分钟回来，见小美面色已经舒缓了许多，两人正酒酣耳热地你侬我侬。我这才安心又坐下来啃了两块大肉。

温泉之旅使我领悟到朋友的恋爱是一出超长电视剧，作为在别人戏里穿针引线的女二号，我责任重大，有许多隐性义务，男闺密和小美应该也是这么想的。在这之后，男闺密隔三岔五打电话跟我说小美不理解他，不支持他，长得好看被惯坏了，说话太难听；挂了他的电话还没半小时，小美的电话必到，内容多是控诉男闺密大男子主义、幼稚、不识好歹、追她的时候一个样现在又一个样、好心当作驴肝肺……如此折腾了大半年。

我伤感地想，我就这样失去了两个好朋友，得到了一对随时可能打电话来历数对方十大罪状的怨偶。

终于有一天半夜，他们几乎是同时在微信群里发出消息："我们分手了。"之后双双退群。

我恻然地在床上翻了个身，睁眼望着月光下灰突突的天花板。

可想而知，过去两人必到的聚会此后他们必须避免同时出席，如果是婚宴一类避不开的，那就把座位隔得千山万水那么远。

小美还是那么漂亮，每次出现都光彩照人地与我坐在一起，一张毫无瑕疵的脸庞绽放着得体的微笑，把在座男士都迷得半死。谁知她返身跟我就是一句："哼，那人不敢出现了吧！”

我一口汤喷在桌布上。

而男闺密出现时，则拧着眉毛问我：“她跟你说了我很多坏话吧？”

“没有啦。”

“肯定说了，你不用替她掩饰！我还不知道她！”

“真没说。”

“不可能！那个毒妇！她那张嘴里从来就吐不出象牙！”

“差不多行了，好像你能吐象牙似的。”

“你最近见过她吗？”

“没。”

“哼，不好意思找过去的朋友了吧……她又交男朋友了吗？”

“没听说啊。”

“是没听说还是没有啊？不要含糊其词。”

“我真不知道。”

“我说你到底关不关心你的朋友啊，一问三不知！”

“有病吧你，关心人家不会自己问啊！”

“我才不关心呢，那个毒妇！”

日历哗啦啦翻过去，很快就到了又一年生日。我犯了难：这两个难搞的，请谁不请谁都不是，只好彻底作罢，不庆生了。

倒是小美记着我生日快到了，看我没张罗，单独约我吃饭。又恢复了与他们各自单线联系的日子，我其实挺开心，终于可以正常地谈谈人生理想了。结果屁股还没坐热，小美又开始说男闺密，我心里咯噔一声。

“他最近干吗呢？”

“听说辞了工作创业呢。”

“创业？他能创什么业啊！”

“说是开了一家户外店。”

“就他？！店面在哪儿啊？面积多大？”

“在步行街那边，我还没去过，不知道面积多大，去过的说不小。”

“那店租得多高啊！”

“嗯，我们也劝他慎重，不过他这次挺坚决的。”

“他要是好好做也行，他挺聪明的。”

“嗯。”

难得小美这么心平气和地提起男闺密，我趁机问：“你们俩就彻底完了？”

“嗯，在一起总吵，看见他就烦。”

“嗯，他这人是有点儿不成熟。”

“对啊，太不成熟了！简直是幼稚！我给他合理建议他都不听！”

“是是。”

“他早说他要创业，我从来没说不同意，只是让他谨慎一点儿。我说这话不对吗？他完全不往心里去，给我气得啊，就把话说重了点，结果他居然叫我……叫我……”

看着小美羞愤难当的神色，我马上想到了那个称谓。

“叫我‘毒妇’，还说‘最毒妇人心’！”

“太不像话了！”

“对啊！生气吧！”

“嗯嗯，气死了！”

过了一阵子，我正好在步行街逛，顺便去看了男闺密的店。面积确实不小，生意也还不错。他忙着招呼客人，给我倒了一杯茶，先让我在柜台边的沙发上坐了。

忙完了，问我：“你今年生日没过啊？”

“嗯，又老一岁，有什么好过的。”

“我和小美是在你的生日会上认识的。”

“我记着呢。”

“本来说把你生日也当成我们俩的纪念日，以后每年都跟你一起庆祝。”他说。

怪不得小美把我生日记得这么清楚。

又来客人了，他起身，跟我抱歉：“你先坐一会儿哈。”

“没事，你忙。”

我捧着茶，四周看店面的装修，想起那天跟小美吃完饭，出来告别。她半个人已经钻进出租车，突然又蹦下来，抓着我的手说：“创业的事，既然他已经做了，你一定多多劝劝他别轻易放弃。你的话他听得进去。还有，多给他鼓鼓劲，他这人自尊心太强，怕打击，得捧着聊，给点儿阳光他立马灿烂……要是他钱上有什么难处，你告诉我，我这儿有。但你别跟他说钱是我的，你就说是你自己的……”

男闺密成功地卖出去一个简易帐篷，收了钱，坐回我身边。“不好意思啊，周末有点儿忙……你看我这儿还行吧？”

“是大好不是小好啊，恭喜发财啊。”

“哈哈，借您吉言——真想让小美看看，她过去总说我自己开店不行。”他点了一支烟。

“其实小美心里有你。”我说。

他悠悠地吐出一个烟圈来：“我知道，那个毒妇。”

chapter 22

你不知道他们为何**离去**

/

就像你不知道**这竟是结局**

/

The continent

《后会无期》

总有一句歌词

Lyric

打湿你心

Heart

////

一直以来，我不大相信也不大喜欢将人简单分类，比如剩男、剩女，文科生、理科生，胖子、瘦子，等等，直到老天爷安排刘大来到我的身边，跟我成为朋友。

在这本书里，我还会写到刘大，但也不会写太多，因为刘大的特征太明显了：美女、胸大、无脑——几个词就描述完毕，没什么好写的。由于我身边的人大多是千层饼一样的存在，很难用三言两语说清楚，交往起来虽然也可肝胆相照，但总嫌太累，所以刘大这样简单直接的朋友就像金子一样可贵了。

大概是为了证实自己像金子一样可贵，在跨年夜这一天，刘大约我一起去商场抢购金子。

这天的金价特别划算，打折之后，每克再减若干元。人们在跨年这一天显得特别疯狂，好像必须今年钱今年毕，明年可以不再吃饭了一样，商场里到处是人，每个人的眼睛都闪着买买买的光芒。

我看上一个戒指，刘大也看上了。不过我看上的是寓意，她看上的是款式，确切地说，是宽度——这个戒指足有一厘米宽，基本是个扳指。

“买吗？”我们俩心照不宣地对视。

"买买买！"

是啊，既来之则买之。

一问，专柜说这款只剩下一只了。

于是我们俩又矫情地推让起来。后来还是刘大刷卡入荷，当即戴在左手食指上。

回家的路上，刘大戴了大金镏子的手指在方向盘上飞转腾挪，闪瞎我的双眼。

"这戒指上刻的花好奇怪啊……这是什么花？牡丹吗？"她问我。

"亲，这个戒指上压根儿就没有花。"

"那刻的这堆滥糟的是什么？"

"是六字箴言。"

"哪六个字？"

"刘，大，的，胸，真，大。"

"呸！"

刘大哈哈大笑，胸一颤一颤的，像快要爆破的水袋，眼看要打到方向盘上了。

"行了行了，别晃你的自带气囊了。六字箴言就是'唵嘛呢叭咪吽'。"

"啥意思？"

"很难解释……你就当寓意吉祥吧。"

刘大一脸满意。

跨年夜，人人都唯恐被世界和时间遗忘，一定要出来庆贺，否则就会被丢弃在旧年里。晚高峰早过了，路上还是堵得厉害，车辆艰难移动。而刚拿到驾照不久的刘大在汹涌的车流里明显有点儿慌神。

“要不我开吧，你歇会儿。”我看前头要红灯了，赶紧提出建议。在我说这话的几乎同时，刘大妥妥地把前车的尾给追了。

前车开了双闪，下来一个男人。刘大呼吸急促，胸口剧烈颤动。我料想这大概是她第一次出事故，赶紧也按了双闪键，安抚她说车速不快，追得应该不严重，把驾驶证准备好，给保险公司打电话，没事。

刘大还是不动不说话，她的表情看起来糟透了，不像平常的追尾，而像撞死了人。

我还想说什么的时候，前车的男人过来敲了敲刘大的车窗。神情是岁末特有的善良，客观说来，长得还挺英俊。

刘大长长地呼吸了一口气，简直太长了，就跟瑜伽班里的老师教腹式呼吸法时示范的那么长，好像要把气吸吸吸一直吸到脚后跟。她呼吸完这口大气，镇定——至少是故作镇定地把车窗开到一半，然后向座椅上一靠，目视前方。

男人当然看见了她的脸，神情为之一变，愣了两秒钟，转身走了，回到他的车里，关了双闪。正好绿灯，他开走了。

刘大还在发呆，后面长长的一排车都在鸣笛，她不动。

我说："我开吧。"

我开车，刘大失魂落魄地看着窗外，一言不发。

我对刘大的感情经历不是很了解，因为我认识她的时候，她已经是一副如花似玉没心没肺的模样，追求者众，看起来从来跟情伤没什么关系。女人一漂亮，就没人太关心她的灵魂了。

当然，作为朋友，我也不是完全不问刘大的死活，不过刘大的生活琐事也如她的美貌一样诡谲妖冶，让人摸不清头脑。比如之前她说她家门口到晚上总有打火机的声音。"就是 Zippo 开了，'啪'一声；又扣上，'啪'一声。"她这么描述。因为当时正是"鬼节"前后，她为此非常恐慌。我建议她再听到这动静的时候，可以趴在门镜上看一眼，因为如果"啪啪"声已足以让在门里看韩剧的她听到的话，楼道灯一定会应声而亮，她便可以借此看清是谁在楼道玩儿打火机，或者恶作剧。但作为一个独居女人，刘大直截了当地否定了我的建议，说是怕看见什么"不干净的东西"。

刘大为此大动干戈：她先是向房东求证了她租住的是否是凶宅（房东当然不会说是），又找到"大仙"实地勘测风水，甚至扯了红布请了菜刀驱魔除妖……如此折腾了半个月，打火机声却从未消失。

一天夜里，恼人的“啪啪”声再次响起，来了大姨妈的刘大恶从心中起怒向胆边生，又不知从哪儿看到说鬼是怕大姨妈的，终于一个冲动，一脚踢开房门，却看到一个目瞪口呆的男人戳在那儿。

“谁啊？”

“我们小区一小保安。”

“确定不是鬼扮的？”

“当然不是，他那口音化成灰我都认得出。”

一个小保安拿着一个假 Zippo 天天在刘大门口啪啪啪，意欲何为？

答案十分庸俗：小保安暗恋刘大，于是每天夜里趁巡逻往返几趟，一是确保心上人安全，二是借景凭吊自己无望的爱情。

这就是刘大特有的美女的烦恼。我们都觉得美女的人生就该如此，随随便便出去遛弯都可能招惹一众粉丝，没什么大惊小怪的。美女人生的打开方式跟普通女人本就不同，习惯被众星捧月，习惯了不用太努力便能换取成果，所以她们眼中的爱情也就没那么稀有。

不过，跨年夜是个特殊的时刻，人们在这几个小时里脱掉旧的自己，换上新的自己，毫无理由地相信时间的推进和美好的祝愿会带来更好的生活。在这几个小时里，每个人的精力都很充沛，胸中荡起无限唏嘘，像喝多了的人不断给暗恋的人拨电话，一切都豁出去了，只为了亲口说一声“我爱你”。像小保安徒劳地夜夜站在刘大门前，只为了确证门里的人安好地在那里。

所以，刘大也不能免俗地百感交集了，她问我：“你知道刚才那人是谁吗？”

“一个高尚的人，一个纯粹的人，是个被追了尾却不索要赔偿的好心人。”

我本意是想逗她笑，可她很深沉：“是我初恋。”

天哪。马上又要老一岁、相中的戒指缺货、开车追尾、撞见初恋，真是美好的一天。

然后，顺理成章，刘大给我讲了她的初恋故事。

这个故事并不比任何人的初恋故事更出彩，无非就是大学同学，念书的时候都很穷，于是打工。男孩还更穷一点儿，于是更加努力打工，结果骑自行车送外卖不小心摔了，骨折，被无良外卖店老板解雇，不敢跟家里说，走投无路跟刘大借钱治病。刘大把自己省下的生活费和当家教的钱拿给男朋友。男孩当即发誓非刘大不娶，刘大一头扑进他的怀里，为他们怎么这么惨而洒下热泪……如果不是因为刘大此刻神情肃穆，我非常想打断她的话——重点在哪里？狗血淋头的高潮在哪里？请不要给一个开车的人讲这种几百万字的青春文学，疲劳驾驶是非常危险的。

我咬紧牙关忍了又忍，期待故事的后续能给力一些。

“那段时间我们俩真是太倒霉了……钱刚给他没几天，我也着急用钱，只好跟他说，我想把那钱要回来。”

“这也没什么，欠债还钱，天经地义。”

“可他不这么想。”

伤筋动骨一百天，初恋男觉得我这腿才刚能一瘸一拐下楼上课，你就跟我要钱，这不是看我笑话吗？这不是想让亲者痛仇者快吗？这不是把我二十岁的伟大男性自尊往地上啪啪地摔了个扁吗？这不是要我的命吗……当然，主要他也确实拿不出钱来。

可刘大很坚决，她必须要钱，而且是马上，一天都不能等。

初恋男真是气死了，他认为刘大强人所难，不可理喻。在狂怒之下，他甚至没问刘大为什么这么着急用这钱，而是一瘸一拐跟系里的哥们儿一人借了点，才算是把刘大的钱还了。

“然后呢？分手了？”

“对啊，然后就没有然后了。”

其实也还是有然后的。刘大离开了学校一段时间，再回来时，人缘变得很糟糕。关于刘大，突然有了各种各样的传言。大多数人说她物质拜金，只认钱不认人，跟初恋男相恋几年也不能坦诚相待，讨回给他治病的钱跟新欢去风流快活，好像那钱不是她借给初恋男，而是她讹诈出来的；不是给初恋男治疗骨折打石膏，而是切除他上的恶性肿瘤住 ICU 一样。而关于刘大的新欢，虽然谁都没有见过，却被说得有鼻子有眼。也有人说刘大其实是拿了钱去堕胎，因为不知道孩子是谁的，所以不能跟初恋男明言，又因为不想让学校的人知道实情，所以躲起来一段时间，完成流产后的调养才卷土重来。

众口铄金，积毁销骨。单纯的、只谈过一次恋爱的大学女生刘大，就这样被传得走了形。她的美貌是错，她的大胸是错，她在学校里再没交男朋友也是错。在此后的大学生涯里，只有一个外系的男生追过她，她委婉地拒绝，两人手都没拉过，那男生却一转身就在校园论坛里开帖八卦刘大，帖子的标题是：大家都说是垃圾，我还不信。

所以刘大的大学生活并不快乐。

而让刘大的大学生活不快乐的原因还不止于此。

“你当时到底着急要那钱干吗呀？”

“我妈重病，要手术，很危险，我必须马上坐飞机回家。我身上所有的钱都给他了，所以得要回来。”

“那你干吗不跟他说啊？”

“我刚开了个头他就火了。再说我当时也是着急，哪顾得上那么多。我想大不了等我妈没事了，我回学校再跟他解释。当然，我也想我们俩只是闹个别扭而已，回头他还是会给我打电话的。”

低估一个二十岁男生的伟大自尊，是二十岁女孩经常会犯的错误。

而据我所知，刘大的妈妈已经不在了。

“后来呢？”

“我拿了钱就跟系里请假，赶紧飞回家陪护了我妈一段时间。她情况很严重，最后没能下得了手术台。帮我爸料理完我妈的后事，我才回到学校。那时候也没心情再跟他解释什么了。不过也没想到事情会被传成这样。”

“是他传的？”

“不知道，可能他跟大家借钱的时候说什么了，反正最后是越传越走样了。”

我看了看刘大。倾诉过后，她的神色恢复了一些，但也哀伤清醒了，这真让人伤感，因为只有没心没肺的人才永远不会甲状腺增生、乳腺增生，他们嘿嘿傻笑，无忧无虑一直到老。我希望刘大也能这样，简单，美丽，健康，完美。

“毕业之前，他找我，问我那段时间我到底去哪儿了，我没说。”刘大为她的初恋故事结尾，“最后，他问我那个孩子是不是他的。”

“孩子？”

“传言里的那个孩子。”

“不存在的孩子。你告诉他真相了吗？”

“我告诉他，不是。”

从此，他们天各一方，再也没见过面，直到刚才，刘大在茫茫人海之中追了他的尾。

“初恋就是用来攒人品的，早晚是散。”我不得要领地宽慰刘大。

“对，就是散伙的方式各有不同。”

“没事，一个初恋碎嘴男倒下去，还有一个连的保安站起来玩打火机呢。”

刘大笑了，她的笑声像她的人一样飒爽漂亮。

“你知道我觉得最操蛋的是什么吗？”她问我。

我摇头。我只知道如果一个人开始思辨人生，那么不到得出或远或近的结论，他便不会停下来。

“是到结束的时候，每个人都觉得自己特别委屈。”她说，“我委屈，因为我在他最需要钱的时候，把自己所有的钱都拿出来给他了；而我需要钱的时候，都没问我原因就直接从本质上否定了我——这钱本来就是我的好吗？后来，我在医院陪护我妈的时候，我眼看着我妈在火葬场化成灰烬的时候，我一个人万念俱灰地回到学校的时候，他在哪儿呢？忙着传我的闲话吗？我可以不看重名声，但我又凭什么受着这些？”

“就是。”刘大很悲愤。她这段话极具煽动性，搞得我也跟着悲愤了。

“他也委屈，为了我不辞而别，没留下任何解释。为了传言四起时，他头顶的绿帽子。他宁可相信传言，也不相信我。既然是不存在的孩子，有什么你的他的？所以我索性告诉他，不是他的，随便他怎么理解。反正我们不可能再在一起了，不如让他一直恨我，直到忘掉我，就像我对他一样。”

既然是恨，为什么刚才你那么紧张？既然忘掉了，为什么你从不主动联系你的大学同学？我吞下这些疑问，没有说出来。

刘大的一席话，让她显得很陌生，跟胸大无脑的设定相去甚远。我突然发现，老天爷把刘大这个天仙发给我当朋友，是跟我兜了一个大圈子，最后依然只是更加确证了我不将人简单分类的观点——每个人都是千层饼。而刘大的简单和没心没肺，也许不是天然，而是一种选择。

“别想了，都过去这么多年了。谁没几个穷亲戚，谁没几个糟心前任，谁过年不吃饺子。”

此时，我们正好经过又一个商业区，音乐震天响着，满街的人，到处闪着陆离的灯光。刘大被这氛围感染，让我找个地方把车停下。我们下车，加入新年狂欢的人群。

在马上要倒数的时候，我希望刘大可以从追尾后的惶恐和不愉快的初恋追忆中走出来，于是想跟她说跨年的要义是放下，但刘大已经结束了对人生的思辨，她将左手高举过头顶，准备跟着人群倒数了。

所以我的问题就显得特别不合时宜："刘大，你说跨年的要义是什么？"

"是——'唵嘛呢叭咪吽'！"她仰起头，盯着左手食指上的新戒指回答我。

这时候的刘大，真是美极了。

她说完，见我没说话，问："我说错了？"

当然没错。

"十！九！八！七！六！五！四！三！二！一！"

人声"砰"一下炸开了，刘大抱着我转了一圈又一圈。

二〇一四年以及这之前的每一年，我们后会无期。

总 有 一 句 歌 词

L y r i c

打 湿 你 心

H e a r t

////

chapter 23

画上灶炉与柴火

/

我们一起生来一起活

/

Paint

《画》

刚参加完婚礼的刘大非常不开心。

生气的美女也是美女，我们都爱她，于是逗她："刘大啊刘大，你为什么不开心？"

她把包摔在咖啡桌上："这什么蛋婚礼啊！一点儿诚意都没有！"

"怎么没诚意了？"

"特别简单——不，根本是简陋！什么项目也没有，还没怎么样呢，呼呼啦啦就上菜开吃了！"

"项目少不意味着爱意少；早点上菜多好啊，看得人抓心挠肝不给发筷子的最讨厌了。"

"呸！"刘大气得直喘，深 V 里的事业线忽隐忽现，如玉山将崩，"有个蛋爱意啊！司仪让新郎单膝跪地送上捧花，那男的那动作幅度顶多就算是压了一下腿！"

我们笑惨了，互相喷了一头一脸的咖啡。拿纸巾擦着脸上的咖啡时，还在笑。

刘大继续吼："天神啊，除了没办婚礼的，这世界上还有更简陋的婚礼吗？"

"有的有的。"我抢答，"我见过。"

那年我大学刚毕业，在某省某市的某家私立高中当语文老师。同批进校的老师都是应届毕业生，很快混熟了。学生做操的时候，老师们也被要求必须站在操场上候着，于是都堆在学生后面闹。

这段难得的后校园时光，笑着闹着，还真成了几对。

其中一对还蛮坎坷的。男老师比我们早几届，青年才俊，风华正茂，当时已经是英语组组长兼年级主任。女老师跟我们同届，眉清目秀长发飘飘，一对含羞带怯的酒窝在嘴边若隐若现，十分可喜。实习期，她分到男老师手下当徒弟，他对她一见钟情，以师徒之名，行追求之实。

他们俩都是教英语的，我们姑且称他们为男英语和女英语。

男英语似有似无地表达了几次意愿，都碰了软钉子。这是为什么呢？男英语非常苦闷，找大家来帮他出谋划策。集思广益之后，男英语说：她一定是嫌我太穷了。

男英语早我们几年上班，又有诸多闪光头衔傍身，收入倒也没低到惨绝人寰的地步，关键是他家里穷。他家到底穷成什么样，我们也没去过，但传闻连家徒四壁都形容不了，因为住的干脆就是草房子。

这话是一个教数学的老师传出来的，我们就叫他男数学吧。起初我们都不信——现在谁还住草房子啊，你以为是童话里三只小猪盖草房子抵御大灰狼呢？再说草房子连大灰狼也抵御不了啊！

男数学很不喜欢我们咬文嚼字，他说反正就是很破的房子，你们能不能领会精神。

好吧，反正就是很穷的意思。

男数学还给男英语支着儿，说他这样不修边幅是不行的。那么男英语到底有多不修边幅呢？这个我们是知道的。他头发经常看起来好几天都没洗过，去教育局举办的会议上发言也不换件领口干净点儿的衬衫，还穿着十块钱的大布鞋，让董事长很头疼——由于我们供职的是一间私立学校，所以校长相当于 CEO，真正的幕后大老板是董事长。

我们的董事长是一位看起来和蔼可亲实则非常铁腕的老太太。包打听男数学告诉我们，董事长跟她老公最早是靠卖早点发迹的。

他一边啃着在早点摊儿买来的油炸大饼，一边讲述董事长的传奇发迹史。我们还是不信：炸大饼能挣出这么大一间学校来？屁！

男数学很不喜欢我们傲慢的态度，继续专心吃他的大饼了。

实习期很快过去了，每个带实习教师的“师父”，也就是正式教师，都要跟领导汇报我们的表现，作为决定去留的参照。话虽如此，其实当时学校正在急速扩张，正是缺人的时候，只要没有大的纰漏，这批实习教师都是可以转正的，所以老教师们只是说几句面子话。可男英语为他心仪的女英语说的好话实在是太多了，直说得董事长都烦了，摆摆手说：“知道啦知道啦，别说了。”

这话也是男数学传出来的，我们背地里笑了半天。

甭管是靠什么发迹的，总之董事长是经过大风大浪的人，经此一役，马上明白了男英语的心意。由于男英语是青年教师中的一员悍将，如果他日夜沉溺于思念佳人而不得的苦闷中，荒废了教学和管理，那对于学校和学生都将是重大的损失。

所以，董事长亲自出马了。

董事长先是将男英语苦苦包装了一番：换发型、买新衣，然后又带他到商场购置礼品，大包小包扔进车里。最后，董事长亲自驾车直奔女英语的府上，带他去拜见未来的丈母娘。

董事长虽然有钱，平时却是非常节俭的，如今这么大动干戈，着实把男英语吓了一跳。他裹在里外三新的衣裤鞋袜里，顶着吹得板板整整的新发型，坐拥各种花花绿绿的保健品，心中涌起了深深的不安——花了这么多钱，不会秋后算账吧？

董事长安抚他：“别怕，以后都从我给你们俩的结婚礼金里扣。”

关于这次见面，又是男数学贡献了全部的细节。他说女英语家境也比较一般，父母都是很传统的人，见董事长跟年级主任亲自出马，一时间也摸不清路数，还以为是学校非常重视闺女这个人才，净顾着高兴了。董事长也附和着老两口说，把女英语一顿夸。这下父母更开心了，此时董事长说什么他们都觉得是至理名言，应该裱起来挂在墙上。然后，董事长话锋一转，又开始夸男英语，夸得男英语都不好意思了，脸越来越红，头越来越低，眼看要塞进裤裆里了。

说完这些，董事长非常有分寸地起身告辞，同时使出杀手锏："这个小谁谁啊来我们学校几年了，我是看着他成长起来的，他就像我的儿子一样。他父母离得远，我呢，就认他当干儿子了。今天我这个当干妈的多个事，想问问你们老两口觉得我这干儿子怎么样，愿不愿意给他个机会跟你们闺女在工作和生活上互相帮助，共同进步啊？"

男英语慌了，这回真的要把脑袋塞进裤裆了。

回来之后，男英语特别忐忑，很怕女英语怪他不请自来，给她施加压力，会不会从此再也不理他了。他很苦闷，又不能投诉董事长，只好又来找我们倾诉。一个女语文实在看不下去他的衰样，跟他说，实习这段时间，女英语跟她处得最好，好多心事都会跟她说，所以她知道其实女英语根本不知道他家里是穷是富，只是觉得实习期搞出恋情来影响不好。再一个，也是刚刚毕业，自觉涉世未深，没有长辈帮着把个关，不知根知底，不想贸然恋爱。

那现在这两项顾虑都没有了，男英语和女英语岂不是可以幸福地在一起了？

可是男英语不信，他觉得形势远没有这么乐观。那个年代还没有微信，最适合㞞人的表白方式就是发短信了。女语文说：“你一个大老爷们儿也别在这儿猜了，要杀要剐还不是那一刀吗？你现在给她发条短信，问问她的意思不就得了？”

在我们的注视下，男英语颤抖着发出了短信，决定引刀成一快。他坚决不给我们看短信的内容，不过也猜得到大概是“你愿意做我的女朋友吗”之类的。因为没多一会儿，手机响了，然后他就跟疯了一样沿着教师宿舍的走廊跑了至少十圈，喊着：“她说‘好’！她答应了！她说‘好’……”

他们在一起半年也就是一学期之后，就到了新年联欢会了。复习、考试、判卷、排名次、评比、开总结会，一直没个消停，谁也顾不上谁。到了联欢会那天，我们班几个男生正蹦蹦跶跶跳一韩国组合的舞呢，就听走廊里一阵骚动，声音之大，把我们班的群魔乱舞都盖住了。

一个经过教室门口的女生大喊：“出大事啦！×老师在操场上跟×老师求婚啦！”

我们班的舞蹈马上停了，学生们的脖子平均向操场上抻出了三五米之后，又齐刷刷扭过来，可怜巴巴地看着我。

我猛地站起来，摔散满手瓜子："走！"

"哗"，学生们叫着笑着欢呼着，一起飞向操场。

学校很给面子，用了平时很少用的大灯，把男英语和女英语站着的那块地儿照得亮堂堂的。只有升旗和开大会才用的麦克风也攥在男英语手里。学生们太激动了，根本没人让老师先走，于是我们几个女语文男数学女物理男生物只好站成一排，趴在二楼的栏杆上远远观战。

"一定有好多女生哭了，我都听见哭声了。"女物理说。

"这可真是英语组扬名立万的时刻。"男生物说。

"你们事先知道消息吗？"我问。

都摇头。只有男数学故作高深地说："我知道。"

我们齐齐朝他看。

"因为男英语要用大灯跟麦克风，事先跟董事长申请了。"他解释。

"然后董事长就告诉你了？"我们都不信。

"她当然告诉我了。"

"嘁，你小子就吹吧！你是谁啊，董事长干吗告诉你啊？"

"我是董事长的儿子。"

楼下"哗"一声，男英语抱起女英语狂转三圈，看来求婚成功了。

楼上栏杆上，我们对男数学行注目礼。

这真是一个满是意外收获的夜晚。

男数学，你个杀千刀的富二代。

求婚之后的寒假，男英语和女英语开始筹备婚礼，布置新家。男英语的穷和好人缘也就此体现得淋漓尽致——房子肯定是买不起了，董事长特批了一间九十平方米的教师宿舍给他们住，简装，包水电，有床无电器，月租金象征性收取二百块。他们买了一台电视机、一台洗衣机之后，连买热水器的钱都凑不齐了，那年又正赶上雪灾，成天冻得人叽叽歪歪想报复社会。于是我这帮刚入职的女语文男数学女物理男生物一合计，不如大家多凑凑吧，反正也要随礼的，虽然兜里也都没多少钱，但半帮半随，是个心意。男数学当然是头羊，他出的钱比我们剩下的所有人凑的钱还要多——富二代也不总是杀千刀的。

人真赶上了难处，也顾不上许多，男英语拿着钱，一顿感激，语无伦次地说回头让我们都到他家去洗热水澡，然后就带着女英语去挑热水器、冰箱、微波炉了。

他们一直没照婚纱照，女英语说太贵，要不不照了。看着她嘴边美好的酒窝，要是不能在人生最重要的时刻留下纪念，实在让人不落忍。

有一天，我在市区溜达，被一个美女截住，硬塞过来一张传单，说是新开的影楼正大酬宾，价格优惠到惨绝人寰。我瞬时血脉偾张，当街就给女英语打电话报价位。女英语一听，比我还冲动，登时就领了男英语过来，交钱，照相！

婚礼是在学校食堂办的。门外大雪下得热闹，屋里的婚礼更热闹。

无论何时想起来，那场婚礼就是简陋得不像一场婚礼：新郎新娘的礼服是借的，款式并不新潮，甚至不大合身；背景音乐刺啦刺啦听不出子午卯酉来；司仪是男数学，证婚人是董事长，掌勺的是食堂大师傅……可是这么诚意满满的婚礼，也是难得一见——桌上七碟八碗堆着太多菜，以至于不少菜只露出一条缝，得扒开盘子才能吃到。

男英语絮絮叨叨地感谢了一堆人，像在说一段很长的贯口，几乎把在座每个人的名字都点到了，估计是教师职业病。女英语没有讲话，她只是牵着男英语的手，羞涩地笑着。婚礼几乎没有任何项目，最后，男英语给他的新娘戴上了一枚款式复古的金戒指——那是他妈妈交给他的，说是当年她嫁过来的时候，男英语的奶奶亲手交给她的。现在，她把它交给女英语了。

呼啦啦，大家开吃开喝。每个人都开心，觉得此刻的热闹有自己的一杯羹。每个人都吃了很多也喝了很多。有人吐了，却嚷嚷着继续喝，谁也不许走。

窗外的雪一直下，我们好像可以一直这样笑着闹着年轻着简单着，拥抱彼此的幸福。

“这就是我经历过的最简陋的婚礼了。”

听完了我的故事，刘大不再纠结娶了她朋友的那个男人压的那一下腿了。“后来呢？”她问我。

“后来？后来散席啦，我们都回家啦。”

“啊呀！我是问后来他们俩过得好吗！”刘大作为一个美女，脾气当然不能太好，她用手掌重重地拍着桌子，杏目圆睁，让我赶紧回答她的问题。

“后来我离开那所学校，不当老师了，跟大家相隔很远。后来男数学跟一个女体育结婚了，现在孩子都几岁了，是女孩。男数学跟我说，女英语生了个男孩，长得挺好看，男数学很希望跟他们做亲家。”

“他们过得那么紧张，怎么养孩子啊？”

“反正孩子也一天天长大了。”我说。

“是啊，人怎么都能活着。”刘大的话听起来有些释然，又有些想不开。她双手托腮，很担心的样子，手肘一并，“事业线”更加纵深了。

一个怀疑人生的美女是迷人的。我想起女英语和她嘴边浅浅的酒窝——很奇怪，在她脸上，居然从未出现过纠结彷徨不知进退的神情。

c h a p t e r 2 4

在你身边路虽远未疲倦

/

Walking down the road of life

《漫步人生路》

总有一句歌词

Lyric

打湿你心

Heart

////

路纵崎岖亦**不怕受磨炼**

愿一生中苦痛快乐也体验

愉快悲哀在身边转又转

风中赏雪雾里赏花**快乐回旋**

悲也好

喜也好

某一年，布总要远走高飞了，我设宴为她践行。

觥筹交错间，都说布总NB：跟男朋友两个人从农村包围城市，租房子，起炉灶，从小文员做起，一步步到副总监、总监，名片上的头衔越来越喜人，终于被猎头相中，光芒万丈，鸟枪换炮，跳到一线城市去了。

这样说来似乎过于轻省，我们的日子何时这么简洁明快了？谁人心下没点阴影？

布总的男友弓长张事业一直平平，没有大的起色，近几年几乎全靠布总养家。去年布总生病做手术，弓长张愧悔不已，辞了工作，鞍前马后汤汤水水地伺候了俩月——态度是可嘉的，但以他的资历，年纪又不轻，再找像样的工作更不易了，只能先弄个工作凑合干着。

布总难得苦尽甘来，迎来“春风得意马蹄疾”的人生阶段，我们都很上道，谁都不提弓长张。

后来布总喝多了，我送她回家。她躺在车里怀疑人生，还是提到了弓长张。

“也许这是个机会。”她说。

“废话，你都大展宏图了，当然是机会。”布总真是喝高了，要开始说车轱辘话了，我想。

"屁，我说的是要跟弓长张分手的话，这是个机会。"她的醉眼斜了我一下。

我竟无言以答。我跟弓长张也算熟，大家常在一起聚的，有点儿于心不忍。

"你别怪我腹黑。"她看我不说话了，解释说，"我家的情况，他家的情况，别人不知道，你是知道的。这些年他的工资就没涨过，房租水电都是我交，每个月给各自家里寄的钱大部分也是我出的。几次说到结婚，可哪有钱啊？这么下去不是办法。"

布总的确有苦衷。可我同时想到布总做完手术在家休养，我去看她，一进门就看弓长张把案板放在客厅茶几上，脸上沾着面粉，正在包馄饨。我说你还有这手艺呢，他憨憨地笑，说："阿布爱吃……一会儿别着急走啊，我把你的那份也包出来了，一起吃点儿。"

但布总毕竟是我的朋友，我应该抛去个人的想法，尽量站在她的角度想问题。我说："那你这次先一个人过去？"

"对，他的新工作实习期马上满了，走了可惜了。"

"你一个人去安顿一切的话，要辛苦了。"其实我想说的是：弓长张就没说跟着过去？他那个乏善可陈的随便先干着的新工作有多重要？

布总不傻，她知道我在想什么："弓长张是一门心思想跟我一起过去的，被我拦下了。我一是没想好是不是跟他继续往下走，二是也想看看自己行不行。这么多年，我们俩都在一起，我都忘了一个人生活是什么样了。”

“一个人自由，但是不容易。”其实我蛮担心布总的。弓长张虽然目前看没什么大出息，但确实把她照管得不错。

“也许我过去了，孤单寂寞冷，马上想他了，就叫他来了。”

“嗯。”

“也许我一下子认识了一霸道总裁，双双坠入爱河，哈哈哈！你说我能找到霸道总裁吗？”

“能能能。”我很怕她吐在我车上，赶紧安抚她。

“找到霸道总裁之后，我的生活是不是一下子就不一样了？”

“那必须的啊！你再也不用没日没夜地加班、长年累月地租房子住了，你摇身一变为霸道总裁夫人，比霸道总裁还霸道五六十倍，住在八百八十八平方米的大平层里跟你家霸道总裁互相虐，虐到死！”

“到时候我还想什么弓长张啊！”

“对对对！自能窥宋玉，何必弓长张！别说弓长张了，什么耳东陈米田共方片三汉堡王，全都玩儿去！”

“哈哈哈哈哈……”

酒劲上来，布总笑疯了，笑得满脸是泪。

布总离开后，我们用各种通信工具保持联系。

初到新的城市，果真经历了一段初始混乱：找房子，购置生活用品，适应与过去迥然不同的气候特点和饮食习惯，熟悉基本的交通路线，接手新工作……好在过了这个时段后，布总飞快地投入了工作。她的能力和为人很快得到了新环境的认可，呼朋唤友的日子又开始了，简直让我这种旧朋友心生妒忌。

因为布总连续几天吐槽无法适应新城市的寡淡口味，我提出寄一些家乡的土特产给她吃，她说："不用了，弓长张已经给我寄了，在路上呢。我走的时候他就说带一点儿，我嫌沉没答应，早知道还不如听他的，哪怕带一瓶酱也好啊。"

看来她不仅没有时间空虚寂寞冷，也暂时没有结识霸道总裁。

一人在外，最难熬的不是加班，而是过节。

布总离开半年后的平安夜，我接到她的电话。

"怎么，今天没跟你同事们去 happy？"

"有家有口有伴的都团圆去了，谁理我啊？"

"你个没良心的，现在知道我这种老帮菜的可贵了吧？"

"别闹。我问你个事啊——"她拉长尾音，听起来很郑重，我在电话这头忍不住直了直脊背。

"说吧。"

“弓长张说他元旦假期要过来。”

“嗯。他只是过去看看你，还是想跟你一起安顿下来？”

“他没细说，只说要过来。”

看来彼此都在试探，不肯挑明。

“那你怎么想的？”

“嗨，这都半年了，最难最乱的时候基本过来了，现在各方面也稳定了。我也想不明白了，还有必要让他过来吗？”

“废话，谁离开谁都能活。如果纯是从搭伴过日子的角度，我们都不是缺了谁就不成了。”我想起布总离开前说的“这也许是个机会”，“问题是，你还想跟他分开吗？”

“我不知道。”

大家都是成年人，而且成年不是一礼拜俩礼拜，而是十几年，有些话本不用说得太明白，有些问题也没必要非逼问出个一二三。可亲爱的布总如此困扰，我不得不问她：“抛去今晚这种空虚寂寞冷的情况，平时，你想他吗？”

真肉麻，我自己都要受不了了。

但我只能这么问，直指人心，不绕弯子。

布总沉默了一下。

我等着她的答案。

“想。”

语气是肯定的，温柔的，暗涌着汩汩力量。

“我想他，很想他，每天都想，随时随地，非常想。”

我还想说什么，但已经插不上嘴了。这个问题打开了布总的话匣子。

“离开的前一个晚上，我跟他一起去我们俩过去常吃的一家面馆，居然还没黄铺，在一个老工厂宿舍区。谁也没有提分开之后的打算，说不清是不敢、不想，还是都藏着私心——我是有私心的，你知道。

“回来的路上，他开车，我还是像往常一样抱着他的胳膊，听着车里的歌，想起了很多事。我跟他从小就认识，四岁那年他就说长大要娶我；我被村里的大狗追，他为了救我，拿起石子丢过来，引大狗去追他；我考上城里的大学，他到我大学附近打工，攒钱自考；手术之后，我在家休养，心情特别差，看见他就烦，他从来不吭声，一天三顿变着样给我做好吃的……为了在一起，我们都做过努力，也都付出太多了。

“我那天哭，心情非常复杂，不知道是因为舍不得，还是因为想起过去的事。我跟你说这也许是个跟他分开的机会，不是开玩笑的。我一个女人这样支撑着两个人甚至家里老人的生活，真的太难了。我几次下定决心要跟他分开，就是说不出口。

“可是在那一天，我马上要走了，抱着他的胳膊，闻着他身上熟悉的气味，意志完全瓦解了，好像回到小时候，所有的罅隙伤心失望埋怨都不见了，我可以什么都不要，只要像这样，一直跟他在一起。

“如果当时他问我他放弃工作跟我一起过来可不可以，我一定会点头。甚至，如果他当时求婚，我也会答应。

“你问得真好。我想他。想他小时候为我引开大狗，想他为了跟我念同一所大学，一天打三四份工挣自考的学费，想吃他包的馄饨，想在他开车的时候抱着他的胳膊，头搭在他肩膀上，一直到老。”

……

我关了电脑，关了灯，坐下来安安静静地倾听布总的絮叨。那天，她说了很长很长时间，某一段还拖着哭腔，最后又归于平静。

那个新年，布总请假回家跟弓长张领了结婚证，请大家热热闹闹地吃了一顿，然后两口子一起飞去了布总所在的新城市。从此之后，他们便很少回来了，我们继续用各种通信工具保持联系。

从微信朋友圈和微博状态看来，成为张太太的布总不再经常出去跟同事 high 了，弓长张更乐于请朋友到家里来品尝他的手艺。同时，弓长张也不许布总乱吃外头的东西尤其喝酒了，因为她怀孕了，要做妈妈了。

总有一句歌词

Lyric

打湿你心

Heart

////

chapter 25

The cigarettes you smoke

《你抽的烟》

据说，唯一可与万能人“小明”抗衡的，是各种段子的终极男主角——“隔壁老王”。如此说来，如果有一个人恰好叫“王小明”，那真该是如假包换的人中龙凤了。

我很早就认识王小明了，差不多是二十年前，青春期还没来得及光顾我们呢。在一所大学的阶梯教室里，聚集了奥林匹克数学竞赛后的幸存者，即将开始为期一至三年的集训。老师先替我们发表了一番获奖感言，说在这里济济一堂的是全省小学生中的种子选手。也就是说，这个硕大而昏暗的空间内保不齐就圈着几个神童怪物什么的。大家于是颇为好奇地互相看看，但很快失去了兴趣。上帝是公平的，聪明小孩果真没几个好看的。

开始点名，居然老派地以姓氏笔画为序。

“王小明！”

“到！”

在以后的两三年里，每一堂课都如此开头。即使那个班的一百多人来自全省的各个角落，大家也并没有很旺盛的社交热情。不过，虽然一百多人里有四十个人都姓王，但每个人还是认识了在点名单第一位的王小明。

有一节课，王小明一屁股坐在了我旁边，我得以近距离观察他：脑袋很大，头发奇短，矮，脖子上挂着一串钥匙——那年月社会比较太平，父母又都是双职工，一心扑在建设社会主义上，经常三班倒，很多娃不得不从小自己料理生活，脖子上常挂一串钥匙，从小学就开始一个人风里来雨里去地骑着自行车上学放学。名人王小明原来也不过如此，作为种子奥数班里不学无术的文艺少年，我不禁兴味索然。

但名人就是名人，总有过人之处。王小明很自来熟地跟我说："这节课我要做个实验。"

他进一步跟我这个临时同桌解释："我们奥数班这一百多人在一起上了快一年的课了，每堂课都点名，每次点名都是同一个顺序，全班没有笨人，大家早就记住自己前边人的名字了。所以，我打算做个实验，逗大伙儿乐呵乐呵。"

他出语老成，似乎酝酿已久，颇具说服力，可惜我还是不知道他要干吗。

没一会儿，给我们上课的大学数学系老教授拿出名单，又要例行点名了。我偷望一眼王小明，见他眉眼间的神情非常笃定，似乎胜券在握。

"王小明。"果然。

"我没来！"王小明突然喊了一声。他故意把"我"的音发得很模糊，听起来很像"王"。

“我……什么？”老教授耳朵不太好。

“到！”在王小明之后的天知道叫什么的学生马上应道。

“没点你！”老教授赶紧说。

“到！”第三个学生又冒出来了。

全班都愣了几秒，接着哈哈乐开了。王小明一脸胜利者的姿态，眉毛挑得高高的：“看，这就是我的实验。”

后来，我们小学毕业，离开了奥数班，特立独行的王小明又成了我的中学同校不同班的同学，求我为他炮制了不少情书。他永远不按牌理出牌，跟其他男生一样喜欢个校花、啦啦队长什么的，而是剑走偏锋，专门追那种个性十足的女生：全校第一个染发烫发的女生、宁可在学校大门口罚站也不穿校服的女生、特别生猛的刁蛮女生、校文艺汇演上摔吉他的女生……他为她们辗转反侧，强迫我在情书里写极其恶心肉麻的词句。其间，王小明高大了很多，也壮实了不少，只是头还是很大，脸膛红通通的，越来越像个大南瓜。但他不这么说，他认为自己奇人异相，是被老天选中的子民，所以只有与他一样别有天资的异性才配得上他。

高考之后，我去了南方，王小明去了北京。他学了新闻传播，偶尔网上聊聊，言辞极具煽动性。我猜想，他只需要在情书上用此三成功力，就可以放倒一片了。

大学的一个假期，我参加了一个规模不小的中学同学会，王小明像十年前在奥数班的时候一样，一屁股坐在我旁边。

喝了几轮酒之后，王小明给我讲起了他近期的不如意：大学以后，他依然坚持着自己独有的老天选择论，必须要找到与他相称的伴侣。可是广阔天地，却没一个他看得上眼的。一个偶然的机会，他在网上打游戏时认识了一个外地女子。该女子与他年纪相当，没读大学，而是醉心于钢管舞艺术，在各个夜总会酒吧打工，赚取四海学艺之资。

他掏出手机给我看这个女子的钢管舞视频。哇，果然电臀酥胸，看得我浑身燥热，十分想摸……啊，不是，想结识她。

王小明说，他也是对她一见钟情，电光石火，于是游说她来北京，说这里是祖国的心脏，学习机会多，娱乐业也发达，不愁没工打，没艺学。女子一听，此计甚好，便连夜去投奔了王小明。为了与佳人厮守，王小明将多年积攒的给广告公司打零工赚的钱倾囊而出，在学校附近租了间小房子，很是你侬我侬了一阵。

“这不挺好吗？”

王小明表情坚毅，言简意赅：“后来，她被她跳舞那家酒吧的老板相中了，跟我分手了。说我只是个穷学生，给不了她想要的生活，也没钱支持她出国学跳舞。妈的。”

好吧，我安慰他：“你相中的历来都是奇女子，当然抢手了。节哀顺变。”

王小明很认同我的看法，似乎瞬间得到了治愈。他掏出一支三五烟给自己点上，神情深沉。

“怎么开始抽烟了？”

“我打工的广告公司大家都抽，与其吸二手烟不如跟他们互相污染。再说夜里加班还是抽烟最提神——毕业我就直接签他们了，他们也愿意要我。”说到事业，王小明的表情一扫阴霾，“老板是个海归美女，真飒。”他在烟雾里眯起眼睛，把烟凑到我面前，“她就抽这个。”

再见王小明差不多是十年后，他回家办答谢宴。同学们都来了，王小明站在酒店大堂门口笑容可掬，一个个发名片。

“呦，副总裁，够牛的！”

“瞎混，瞎混。”变成王总的王小明更胖大了。原先粗厚的眉毛似乎淡了些，整个人显得和气了不少。

“新娘呢？”都问。

“在里头换衣服呢，马上马上哈，你们先进去坐。”礼数怪周到的。

我跟着同学们往里走，新郎官却在背后揪住我：“明天晚上有个小范围聚会，来的都是哥们儿，你来哈，还在这个酒店，××× 包房，七点。”

“成啊。”我这才发现王小明打着领结的白领子已经被汗浸得微黄了。

音乐响了，灯光暗了，司仪请出了新郎新娘。新娘看起来很普通，个子不高，模样顶多算是沉默可亲，跟王小明之前喜欢的那些奇女子都不一样，身材跟电臀钢管舞女子更是无法同日而语。典礼中，新娘把一条据说是她亲手打的围巾给王小明围上，这让我想起他本来就汗涔涔的脖子……但昔日的奥数班风云人物王小明一脸幸福，又真不像是装的。

第二天晚上七点，我准时来参加新郎官的小范围聚会。

包房里有两桌，据说都是王小明从小到大的死党，反正我几乎都不认识。新娘很周到，怕我无聊，特意陪我聊了几句，说："小明老提起你，说你出了好几本书了，是个大作家。"

"哪有哪有，就是随便写着玩儿。"

这时候，没心没肺的王小明总算想起了我，像二十年前在奥数班上一样第三次一屁股坐在我旁边。

"跟你说点事啊。"他已经喝得口齿不清了。

"说吧。"我等待着受到强烈的震撼，比如他的新娘其实是非洲某部落酋长的千金什么的。

他又掏出一支三五烟点上，似乎必须起个范儿才能开始演说。"你是不是觉得我媳妇挺普通的？"

"没有啊。"

"没事，你不用掩饰，她确实普通。"他吐出一口烟，"还记得上次同学会，我跟你提起的广告公司女老板吗？"

虽然已经又过去了十年，但我当然记得。

“毕业我就直接签了她的公司，从普通文案开始干，到首席文案，做策划，到现在——你看过名片，副总。正式签约到现在六七年，跟她在一起五年。”他说，“不过你别误会啊，我不是潜规则上位，是凭本事。”

“我没误会，没人会潜您这模样的。”我看了一眼他凸起的啤酒肚。

他哈哈乐了：“嗯，你是明白人。其实我没谈过几次真正的恋爱。之前跟你说的那个跳舞的，算一次；我的女老板，算一次。”

“还有你老婆。”

“对，还有我老婆。我老婆特别好。”

快说吧快说吧。我对他的故事充满好奇。

“你知道我过去都喜欢什么样的女的，情书都是你帮我写的。在跳舞那个女孩之后，我还是这么坚持：一定得找个与众不同的。我的女老板特别有个性，人也漂亮，有才华，我特别喜欢她……或者说，是爱她吧。”

“嗯。”

“但是我们俩，怎么说呢……她个性强，压力大，说话办事总要压人一头，谈恋爱也一样。我呢，从底层开始做，老板说我是应该的。后来慢慢上来了，也积累点儿人脉经验了，就受不了她总否定我。我毕竟是个男人啊。”

他指尖的三五烟已经快烧着手了，我给他个眼神，他把烟掐了。

“因为这个分了？”

“也不是。反正这五年，公司浮浮沉沉，有好的时候，有艰难的时候，我们俩也算风雨同舟不离不弃，但总吵架是真的。她条件好，追她的人不少，我又舍不得她，怕她被别人抢走了，所以每次吵完架我都求她回来。”他又掏出手机，翻了半天，给我找出几张照片：爱马仕、卡地亚、宝马、香奈儿套装。唇红齿白，短发利落，眉如远山，目似寒星。

确实漂亮，确实有气场。

“这是她朋友圈的照片，我手机里没有她的照片了。”他解释。

“说起来挺可笑的。我们俩分开，是因为有一年跨年，圈子里的关系比较好的同仁办了个聚会，我们俩一起去的，公司也有几个员工去了，都是熟人。快到跨年倒计时的时候，她跟我说，让我把她抱上台，吻她……她是国外回来的，作风洋范儿。”

“够浪漫的。”我心说：这不就是过去的王小明最喜欢的范儿吗？

“是，但我没同意。”他又点了一支三五烟，“我说这么多熟人看着呢，多不好意思。”

我这才意识到，似乎只是一晃，我认识了二十年的王小明，已经是个中年人了，他有了中年人的身材，中年人的稳定生活，中年人的平和麻木礼数周全。他眉眼之间那股较着劲的小聪明，一定要在某个特殊领域立于不败的独异心气儿，已经找不见了。

“她生气了？”

“嗯，生气了。跨年聚会嘛，特别热闹，特别乱。我很快就找不着她了，打电话也不接，她车也不见了。好几天没回家，我差点儿就报警了。”

“后来呢？”

“后来回来了，跟我说分手吧，她跟别人上床了——‘一个能跟得上我节奏的人’。她的原话。她说我还可以继续在公司上班，我们散交情不散买卖。就这样，五年的感情没了。

“这个事之后，她就跟别人在一起了。我知道那个人，追了她几年了，事业、财产、背景甚至长相，各方面都跟她相当，确实比我强。我当然知道公司有人说三道四，可是又能把我怎么样呢？我还是公司的副总，谁也不敢当着我的面说。”

我看了一眼王小明：“可是你还在抽三五。”

“一开始抽三五是因为她，转眼就抽了这么多年了，惯了。有一阵我们俩差点儿就结婚了，她说想要孩子，必须戒烟。但有时候看我抽，她又忍不住，把我手里的烟拿过去猛嘬一口，再没事儿人似的还给我……她那个样子特别可爱。”王小明端详着手里的烟，“我老婆也不让我抽，我一般出差的时候才抽点儿。有一次去外地，车坏到半路了，叫天天不应叫地地不灵，想买包烟，那个服务区没有三五……我打救援电话，跟那边说：‘兄弟啊，你过来的时候能顺便给我带一包三五吗？’那边说：‘哥，您这烟瘾够大的。’哈哈哈哈哈哈……其实不抽也就不抽了，都是心瘾。”

说了这么半天，还是没说到成婚这段。

王小明的新娘过来了：“又抽烟，不是说好戒烟嘛！”

她嗔怪地拍打他的手，动作亲昵。又转向我，有点儿不好意思地说：“我们计划要宝宝呢。”

“这不见着老同学了，高兴嘛。这支抽完就不抽了，我保证。”王小明谦恭地许诺。

“也是，你们聊着，我再去要一箱酒。”

王太太起身，却被王小明拉住：“媳妇儿，咱俩一会儿亲一个，秀个恩爱，反正今天也没外人。”

“有病吧你！”王太太的脸一下子涨得通红。“你别见怪，他喝高了。”她对我说。

我笑笑，表示我完全没见怪。王太太又剜了一眼老公，一副“让你胡说八道，等回家再跟你算账”的神色，一扭身，去叫酒了。

“你看，我老婆特别好，特别踏实，特别好。娶媳妇就得娶这样的，是吧？”王小明狠狠地嘬了最后一口烟，把剩下的半盒三五烟扔进垃圾桶，告诉我：他的故事讲完了。

c h a p t e r 26

懂得**永恒**

/

得要我们进化成**更好的人**

/

Darwin

《达尔文》

总 有 一 句 歌 词

L y r i c

打 湿 你 心

H e a r t

////

一天大家坐在一起玩真心话：说说最恐怖的童年经历吧。

有人讲到在村口撞鬼，有人讲到曾被“怪蜀黍”堵在墙角，有人成天被小流氓收保护费，不给就一顿暴打，有人回忆父母在除夕夜大打出手砸了家里所有能砸的东西之后就离了婚……到我了，我讲了这么一个事——

我从小到大都是个胖子，整个成长期体重随着身高均匀看涨。小学一年级，七个女生把皮筋绑在操场边的树上，打算分成两队比赛跳皮筋。提供皮筋的女生长得漂亮，很骄傲，大声宣布：“两队人数要平均，现在多了一个人！”

我隐隐觉得不安——跳皮筋当然不是一个胖姑娘的强项。另外六个姑娘互递眼神之后，带头女生走到我面前，扬起她瓷娃娃一样的脸对我说：“你走吧。”

“哦。”我没有追问，也没有争取，回身走了。那是放学之后，夏天的太阳已经斜斜落下，我应该是走得很慢，因为身后很快传来了几个女生跳皮筋的欢声笑语，那么清晰。

“没了？”我的故事讲完了，大家显然非常不满意。我既没灵魂飞升，安全也没遭遇威胁，并且拥有一个完整和睦的三口之家。“这有什么恐怖的——你人缘一直都很好啊！”

看起来的确如此，似乎除了被踢出皮筋队伍这个小插曲之外，我的人际关系并没有什么问题。我的故事理所应当地不能满足众人的重口味。最后我只好生造了一个在公园游船的时候差点儿掉入水里的段子，草草交代了事。

事后我自己也纳闷儿，为什么在提到童年最恐怖经历的时候，我的第一反应是那件事。或许我确实曾经差点儿掉到水里，或许我曾被比我还高的恶犬追着到处跑，只是时间太久，我对身体上的疼痛又不怎么敏感，所以忘记了。而我能记起的童年恐怖名单里千真万确有一只突然蹦上床的大公鸡（在四岁的我眼里它有鸵鸟那么大），我吓得哇哇大哭，可没过半小时我已经啃着压惊冰棍一脸憨笑，仿佛一切都没有发生……但我牢牢记住了被踢出小伙伴队伍这件事，毫不夸张地说，我甚至记得那个带头女孩的发型、五官以及她当天穿的那条对一个小学生来讲过于雍容华贵的墨绿色连衣裙。

这当然有很多心理学上的解释。读过通俗心理学读物的人都知道，一路追溯到童年简直是这类书籍中解决一切心理问题的终极大招。从六岁这次刻骨铭心的挫败往后数一个生肖轮回，高考前的一个中午，几个女生趴在顶楼的阳台上，我开导另外一个胖姑娘不要太紧张，要放平心态，她深受感动，继而从肥大的校服口袋里掏出一根火腿肠咔咔啃起来。我咽了一口艳羡的唾沫，颓然地坐在台阶上。当天夜里，我在日记里奋笔疾书：

为什么人家就可以轻松地活着？可以不那么努力地读

书，可以不非得拿第一名，可以不求所有人都喜欢自己，可以不想这想那，为什么我就做不到？为什么我活得这么累？

人在三十岁之前应该多问世界一些问题，这样在三十岁之后才可以闭嘴，身体力行为这个满是问号的世界解决问题或至少与之和谐共处。又一个生肖轮回过去了，我三十岁，已经可以在各种糟糕的情况下与自己达成和解，效率高得自己都吃惊。

段子里说，单身的人整天嚷嚷孤单寂寞冷，于是化妆，于是减肥，于是服装搭配，于是腹有诗书，于是屡败屡战，黑山老妖吸阳气一样满世界吸正能量……经过一番折腾，哇——还是没对象。给时尚杂志写的专栏里，我引用过一段据说是严歌苓说的话：

你要是爱丈夫，就不能吃得走形，不能肌肉松懈，不能脸容憔悴。这是爱的纪律，否则就是对他的不尊重，对爱的不尊重。

写完发给编辑，我看着镜子里自己胖达一样圆滚滚的身材和连夜加班赶稿熬出的黑眼圈，对男人说："稿子交了，可以去撸串了。"

爱情是艺术不朽的主题，对于八卦帖亦然。记得有个胖姑娘（至少她自称是胖姑娘）发帖说一天正跟男朋友在食堂吃饭，他突然暴怒，冲她吼："你能不能少吃点！"把她吓了一大跳，委屈得不行。于是记起是《我爱问连岳》第几部里，也是一个胖姑娘（当然也是自称的）写信来，说男人提了分手，说“要不是你床上功夫太好，我早就提分手了”……胖子在人生路上遭遇的挫败可能确实要多一些，不过这种挫败也并不显得格外悲壮。说句得罪人的话：矮个子、秃头、龅牙、麻脸、结巴、斗鸡眼，或者只是不够美或自觉不够美的人，谁没因此受过困扰？

短板更多更明显的选手必须承担更大的被淘汰风险，这虽然残酷，却不失公平。但有时候我又想，感情问题就像文学史研究，每当你以为终于发现了某种神秘的演进规律，马上就有特例来戳破你的断想。“好汉无好妻，赖汉娶花枝”，孟光接了梁鸿案，钟无艳嫁了齐宣王。姑娘苦恋优秀小子，因为怕达不到对方的要求，于是恨不能铁人三项十项全能，不仅钢琴十级，还要拉小提琴；琴棋书画不在话下了，还要全额奖学金出国留学；拿到全奖通知书之后，更要眉清目秀，气质超群；艳压群芳也不是终极目标，作为一个女子，还必须精通川鲁粤菜，拴住对方的胃……如同修炼千年只为与许官人过市井生活的白素贞，待那良辰吉日一朝表白，优秀小子却说自己已有了心上人——那个所谓的心上人，也太普通了吧！五官模糊，没有任何才艺，大学毕业之后做一份乏善可陈的工作，大剌剌只知道泡面果腹……已经进化为女神的姑娘在真相面前吐血三升，无力回天。

人生有许多淘汰赛，感情这一场尤其诡异，常常既不公开也不公平更不公正，窦娥若是知道了都要为之再次血溅白练。可是，也许两个人的世界本该在封闭中完整，其间是否完满，是否快乐，自有体系内的标准。

我认识的一位中年男子，年轻时喜欢上一个有精神病家族史的姑娘，虽然暂时没有异常，今后也有很大的概率出状况。但他坚持把她娶回家。婚后妻子果然出了状况，开始了无休止的寻医问药，住院出院再住院，每次犯病都搅得全家鸡犬不宁。

难免有人心疼他折腾得这么辛苦，说些“早知今日何必当初”的话。他不搭腔，让人以为他在默默忏悔，于是继续说下去，直到他一声断喝：“有病就治啊！谁能一辈子不生病？这有什么好抱怨的？”

她不犯病的时候，两个人结伴出现，总是和和美美的。她拿病自嘲，伸手揽过丈夫的胳膊：“当年我爸都告诉他了，他不听，现在肠子都悔青了，可惜甩不脱了。”

“嗯，怎么就没有后悔药吃呢。”他笑。

于是我想，被扔出皮筋小队也没什么，那只能说明跳皮筋这项运动不适合我，而那帮小女孩终究不会成为我最好的朋友。人生很长，世界很大，不必担心没有足够重要的人和事让我们保持让自己越来越好的内在驱动力。三十岁的我很想跨越一个生肖轮回，拍拍那个十八岁的控诉命运的胖姑娘的肩膀；再跨越一个生肖轮回，抱抱那个六岁的满腹委屈的小胖妞，告诉她：勇敢地走下去，你终会得到这世界最美的馈赠。

总 有 一 句 歌 词

L y r i c

打 湿 你 心

H e a r t

////

chapter 27

你说**谢谢你**陪我这些天

/

你说以后不要再**被别人骗**

/

One day at the age of twenty

《二十岁的某一天》

八十岁的某一天

我能否再**想起你的脸**

时间它杀死了**所有的从前**

我们也**没必要**再去怀念

你说什么爱情都会**变**

女人年轻的时候往往会因为摸不清一个男人的路数而爱上他。等经历了这个男人或者这种男人之后，不再那么年轻的她则会选择嫁给摸得清路数的男人。

孙胖腰就是这样一个女人。

还是实习小护士的时候，孙胖腰值夜班，接到一个120送来的急诊病人，头部血肉模糊，据说是为情自杀。可医生检查之后，却发现他伤得并不重，昏迷也不是因为失血过多，而是喝了太多酒醉死过去罢了。

医生护士都泄了气，把他推给实习护士孙胖腰去处理了。

白衣天使孙胖腰用酒精给他的伤口消毒，他一激灵疼醒了，张开眼睛正要骂人，看见口罩后一双忽闪忽闪的大眼睛，便收了声。对自己的技术心里没底的孙胖腰被病人诈尸一样的反应吓了一跳："啊，弄疼你了？对……对不起啊……"

"没事没事。"

他醒过来就不再睡了，虽然舌头还是醉得打不了卷儿，依然锲而不舍地跟孙胖腰护士攀谈起来。他抵抗着醉意，尽量坐直身体，让自己像个绅士，又七手八脚地整理沾了血迹的外套，郑重其事地说："我是个画家。"

孙胖腰不太相信眼前这团血肉是什么画家，她秉承着职业操守对他说：“你是一个小时前被120送来的，入院时神志不清，头部外伤出血，但医生检查后觉得没有生命危险，所以现在由我来给你的伤口消毒。过一会儿医生还会过来给你复查。你别动，我得把你的伤口弄干净……”

画家先生温存地看着孙胖腰又掏出一块蘸了酒精的消毒棉球轻柔地压在他头上，一股介于疼痛和清凉之间的感觉从伤口处蔓延开来。

“其实我没事，就是喝点酒摔了。”

“有人说你是为情自杀。”孙胖腰看着这个神神秘秘的病人在她的擦拭下越来越清晰英挺的五官，终于按捺不住自己的八卦之心了。

“鬼扯，我怎么会为情自杀，我只会为艺术自杀！”说到艺术，他的剑眉星目越发熠熠闪光，“我真的是个画家……不信？哪天你有时间，带你去我的工作室看看。”

孙胖腰羞涩地笑笑：“艺术我不懂啊。”

“我教你啊。你今天夜班，明天能休息吧？上午你补充睡眠，下午我去接你，去我的工作室看看，你电话多少……”

画家先生诚心诚意地追求了一阵孙胖腰，送花写诗，还给她画了肖像高调地送到医院去，很快同事都知道这事了。护士长劝她说搞艺术的人都靠不住，跟咱们不是一个圈子，你要小心点儿。也有一起实习的小护士羡慕得不得了：“是真的画家啊！还长得那么帅！”

无论别人说什么，孙胖腰对自己倒是了解的。对于画家先生，她的心得无非两条：第一，她摸不准他的路数——他在想什么？他靠什么吃饭？他到底是不是为情宿醉自杀？统统不知道。第二，她是喜欢他的，所以这些明明很重要的问题的答案，就显得不那么重要了。

于是，孙胖腰顺水推舟地跟画家先生在一起了。

画家先生一如既往地神秘，像老天爷给孙胖腰出的一个谜语，怎么猜也猜不透。他对她也不是不好，只是不是那种和盘托出的踏实和天长地久的托付。他有时候在画室待到很晚，奋笔疾书唰唰唰，有时候又用头啪啪啪撞着画室的水泥墙，把额头撞得凸起来，跟寿星佬似的，喃喃地说着“我完了我画不出来了”……他的种种表现都在孙胖腰的经验范围之外，让她想不明白，也让她心驰神往——他是多么不一样啊！

不在医院当班的孙胖腰尽量抽时间陪着画家先生，照顾他的生活起居，或者只是看着他画画。画家先生对此没有太多的感谢，就像画室里也没有孙胖腰太多的存在感，因为画室的整个气场只能是由它的主人决定的。

有一天夜里，画家灵感泉涌，画到很晚，孙胖腰大气也不敢出一下，生怕打扰了他。夜色浓重，孙胖腰趴在案头眼看要睡死过去，画家在沉浸于创作状态几个小时候后，终于跟她说了一句话：“我饿了，你去给我煮碗面吧。”

孙胖腰像得了令的小兵，一下从椅子上蹦下来，冲进了厨房。

挂面、浓汤宝、鸡蛋、辣酱、醋、火腿肠、干巴巴的半截大葱……画室的厨房只有这些东西，且看起来日期可疑，介于过期和过期很久之间，实在没什么可供孙胖腰发挥的余地。但她还是雀跃非常——有什么幸福感能超越被爱人需要呢?

很快，她煮好了一碗热腾腾的面条，白亮的面条卧在炼乳一般的汤色上，切得大小整齐的火腿肠片绕着一个圆满的荷包蛋呈弧形排开。辣酱盛在小碟里，等待吃面的人根据个人的好恶去取舍……万事俱备，孙胖腰又如仙女向人间洒下甘霖般轻抬玉手，在热汤面上俏皮地一挥衣袖，留下薄薄一层匀净的葱花。

画家先生把碟子里的辣酱全部倒进面汤里搅拌了两下，狼吞虎咽地吃起来。孙胖腰已经尽了全力，她不知道她的爱人是否满意她的手艺，是否会注意到刚满二十岁的她表现得多么像一个天生的妻子。可关于这碗面的得失，画家先生什么都没有说，他只是飞快地吃完了它，又接着画画了。

孙胖腰有些失望。她暗想，明天一定要多买点食材放在画室。

第二天，孙胖腰从案头醒来时，天已经亮了。她挺直身子，画家为她盖的毯子掉落在地上。迎着晨光，她看到了那幅终于完成的作品，但画家先生并没在画室里。她捡起毯子，去收拾昨晚的碗筷，发现面碗边上有一把钥匙，下面压着一张纸：给你的。

孙胖腰的眼泪都要出来了——那是画室的钥匙。

在这之后，孙胖腰自觉跟画家的关系进入了另一个阶段。她越来越把画室当成她和他的家，往这里运送食材，为这里添砖加瓦，像装扮自己的家一样。她知道她依然摸不清画家的路数，但总有一天会摸清的。她不再需要请示汇报后才能走近他的生活，她有钥匙了，是他自愿给了她这个特权。

在不知道又给画家先生煮了多少碗面之后的一天傍晚，画家先生画着画着，突然停下来，说："胖腰，咱们出去吃点饭吧。"

画家先生最近并不如意，他的得意之作并没有如他所愿卖个好价钱，其他作品就不用说了。虽然孙胖腰不懂艺术，但也明白他每天按照什么商业订单一画好几幅的一模一样的画不是艺术——他又不是复印机。可市场就把他当复印机了，他只有当复印机，对市场来说才有价值。

捉襟见肘的穷画家突然提出出去吃饭，也让孙胖腰摸不清是什么路数。不过两人一起出去还是开心的，虽然画家依然没什么心思，只是带她到小区附近吃了一碗砂锅面。

服务员把面端上来，画家吃了一口，咂咂嘴："还是你煮的面好吃。"

孙胖腰心里美滋滋的。窗外的夕阳斜斜地映在小店的玻璃上，外卖的卤味透出油汪汪的令人神往的色泽。面汤的蒸汽扑在孙胖腰美好的脸庞上，画家先生忍不住从小桌对面伸手过来，在她沁着细汗的鼻尖上抹了一下："胖腰，你可真年轻啊。"

孙胖腰羞涩地低下了头。要不是面汤太烫，她都快一猛子扎到砂锅里了。

画家先生长长地叹了一口气："等以后你嫁给别人了，跟老公吵了嘴，一个人对着墙抹眼泪生闷气的时候，应该会想起我吧。"

孙胖腰摸不清画家这句话的路数，但她选择了不问。

几天后，孙胖腰下了夜班来到画室门口，钥匙塞进锁眼，卡住了。她以为自己太困倦，拿错了钥匙，又重新检视一番，并没错。

是画家把锁换了。

在这个早晨，她疯了似的砸画室的门，把左邻右舍都惊动了来围观，可门里只是无边的沉默。她拨打画家的电话，已关机。

在这之后，孙胖腰又曾经几次试图埋伏在画室附近，看能不能堵到画家，可都以失败告终。最后一次失败的潜伏之后，她失魂落魄地走在街上，经过那家砂锅面店。已经是冬天了，外卖橱窗里卤味的油脂被冷气微微凝固，黏糊糊的有点儿恶心，但并不妨碍店主用一口南方口音热情地招呼孙胖腰："美女买卤味吗？买回去跟男朋友一起吃呦"……孙胖腰的眼泪噼里啪啦地掉下来。

十年后，孙胖腰变成了一个男人的妻子、一个男孩的母亲以及某医院的护士长。跟许许多多的人妻一样，她也会偶尔跟老公闹闹别扭，为了淘气的儿子上点儿小火，但日子总不会因为这些小事就停滞不前，还是一天天过下去了。

一天夜里，老公接了学琴的儿子回来，儿子嚷嚷着要吃夜宵。孙胖腰上了一天班懒得动，让老公带儿子出去吃，可老公说他也累，歪在沙发上玩起 iPad。儿子看父母连这点要求也不满足他，马上就眼泪汪汪的了。

还是当妈的心疼儿子，孙胖腰起身："妈给你煮碗面吧。"

儿子很高兴："那我要吃方便面！红烧牛肉的！"

孙胖腰不许："方便面没营养，妈用上次炖排骨的老汤给你煮……"

但小男孩只喜欢速成的人工美味，哭着喊着一定要吃方便面。

孙胖腰犹自战斗："咱家没有方便面啦！"

没承想她老公在一边拆她的台："前几天我买了，在橱柜左手第一个抽屉里——我也饿了，给我也煮一碗，打个荷包蛋。"

儿子欢呼。孙胖腰气死了，气老公图省事纵容儿子吃垃圾食品，也气他不帮她树立威信。她一边碎碎念，一边打开炉灶开关，烧了水，找出鸡蛋和方便面。

客厅里，老公在跟儿子说孙胖腰的闲话。

"我妈又在叨叨了。"

"没事，她叨叨一会儿就没事了。"

孙胖腰一闪身出了厨房："说什么呢！"

老公赶紧开了电视："没事，我们在看本市新闻，你看啊——"

也跟很多人妻一样，此刻孙胖腰不由得有些恨恨：到底是图什么呢！又要上班又要伺候这爷俩儿，一个个都是来讨债的！

于是，电视机的声音在她听来也格外刺耳。她确实时常觉得现在的生活太过聒噪了——病房里的各种仪器声、家属的哭声，家里的电视声、老公打游戏的叽叽咕咕的音效、儿子练琴时不成旋律的音节的无限循环……她熟知这每一种声音，摸得清它们在每一天的什么时段响起，又在什么时候消失。她多多少少庆幸于当下一切尽在掌握的生活，可一天天都是如此，又难免让人厌烦。

两个荷包蛋在水里逐渐成形。孙胖腰突然觉得自己也跟鸡蛋一样，本来自由的形状在温度渐升的水里被固定了。现在的她很难找到一个安静的地方歇口气，一个人安静地待一会儿……就好像曾经的画室那样一个安静舒服的地方。

水开了，蒸汽熏着她的脸。孙胖腰想起十年前，跟画家先生对坐在砂锅面店铺里，他跟她说的话。

还真让他说中了。

他来，是大半夜一团血肉模糊着来的，连五官都看不清；他走，也就莫名其妙地走了。从头到尾，他都是个让孙胖腰摸不清路数的男人——他当真喜欢她吗？喜欢她什么？他的画卖出去了吗？还在继续当人肉复印机吗？他爱吃她做的面吗？他会因为惦念她、对她怀有愧疚而重复那样的酒醉吗？

孙胖腰把两碗面端到客厅的茶几上，儿子和老公摩拳擦掌，准备开动了。

孙胖腰拿过遥控器，正想换到她一直追的电视剧的频道，却被正在播的新闻吸引去了：

著名画家 ××× 的作品《爱人》在今天下午的慈善拍卖会上被拍得大价……

一幅画出现在电视屏幕上。整幅画作呈现的只是一碗面：白亮的面条卧在炼乳一般的汤色上，切得大小整齐的火腿肠片绕着一个圆满的荷包蛋呈弧形排开。辣酱盛在小碟里，等待吃面的人根据个人的好恶去取舍。而画面的最亮色，是那薄薄一层匀净的葱花……

记者采访了著名画家×××，他穿着迷彩冲锋衣，戴着帽子，似乎是为了遮掩越来越高的发际线，不过总体看起来算是中年才俊。

“×××先生，您好！对您这幅画作的评价非常两极分化，能谈谈您的创作缘起吗？”

“妈！我也要吃那样的面条！”小男孩就是三分钟热情，有了电视里的面条的映衬，瞬间对面前这碗食物失去了兴趣，嘟着嘴把筷子扔在茶几上。

儿子一闹，让孙胖腰没听清画家回答了什么，而新闻已经播到下一条“××领导×××今日走访了××敬老院”了。

老公看孙胖腰情绪不对，大概以为她是被儿子缠烦了，赶紧接过儿子的话头说：“什么艺术家啊画家啊都是骗人的，画能当饭吃吗？我就最爱吃我媳妇煮的面！”他端起面碗，夸张地吸溜了一口，“真香！”

儿子见老爸吃得这么开心，也半信半疑地用筷子挑起了一根面条。

“你不吃？那给我吧，我都吃了。”老公吓唬儿子。

儿子赶紧伸出双臂把面捂住：“不行，这是我的！”

孙胖腰的表情已经恢复了常态：“快吃快吃，吃完我还得收拾，别耽误我睡觉。明天我还夜班呢。”她似有似无地在眼睛上抹了一把，到底换了台，继续追老长老长的电视剧了。

c h a p t e r 2 8

曾经与你有的**梦**

/

今后**要向谁诉说**

/

Looking back

《再回首》

总有一句歌词

Lyric

打湿你心

Heart

////

不管明天要**面对**
多少**伤痛**和**迷惑**
曾经在幽幽暗暗
反反复复中**追问**
才知道平平淡淡
从从容容**才是真**

只有那**无尽**的长路**伴着我**

过了年，生在南边长在南边的璇子就三十岁了。她知道自己的执拗已经给父母带来了不少困扰——每次在南方小镇的家里过年，几个舅妈、姨母在厨房里嘈嘈切切，十句有七句都是在跟璇子妈说：“你得管管她，多大了还不嫁人，还等着大滨回来哪？这不做梦嘛！”

可无论她们怎么说，璇子妈永远不搭腔，回头也不把这些话转告璇子。

璇子跟老爸坐在屋里看电视，心知肚明她们在说什么。何况她们声音也不低，“大滨”两个字妥妥地传到父女俩耳朵里。搁在早先，这个词可是家里的禁忌，谁都不能提的。老爸拿过遥控器，把电视音量调大了点。

其实璇子蛮想告诉父母，她这一年认识了个男孩，叫小周，人不错的。可想来想去，还是没说。

夜里，来串门的亲戚们都走了，璇子躺在已经气味陌生的从小睡到大的床上，隐隐约约听见隔壁的父母在争论什么。她后悔了：也许应该告诉父母，她已经在认真考虑跟小周交往了。这样他们怎么也能比现在高兴一点儿吧？

可是璇子还没拿定主意，是不是真的要接受小周。

转了年，璇子的生日马上到了。小周约了她吃饭，神神秘秘地递过来一个信封，说是给她的生日礼物。璇子没表现出太多兴趣，淡淡地说：“三十了，老了，不想过了。”

她不是故意刁难小周，自从大滨离开之后，她一直这样提不起精神，像沉在一个醒不了的梦里。可小周偏偏就喜欢璇子一副事不关己的神游相，一眼就被吸引住了，他说璇子“离地三尺”，“跟别人都不一样”。

璇子一边说，一边还是出于礼貌打开了信封——是两张机票。一张是璇子生日当天从他们所在的南方城市起飞的，另一张是第二天的返程票。

璇子连目的地也没看，先扳着手指头算起来她生日那天是星期几。“哦，还真的正好是周末啊。”

小周有点儿着急了：“你也不看看是到哪儿的吗？”

“哦。”璇子这才又把丢在桌上的机票拿起来端详。

“哈尔滨？”璇子的眼睛突然瞪大了，声音甚至有点儿抖。

小周兴奋起来，他从没见过璇子有这么大情绪起伏——看来这个礼物是送对了。“高兴吧？我记得你说活了三十年一直在南边，所以订了去哈尔滨的机票，想带你看雪去。哈尔滨有个冰雪大世界，去过的都说特别好……”

璇子眼睛有点儿发直，拿过杯子奋力咽下一口水，像在给自己压惊。

小周又害怕了：“璇子，那个……你不想去也没事，别勉强啊……”

“去。”这是璇子最后的决定。

生日很快到了，璇子和小周并排坐在去往哈尔滨的飞机上。小周殷勤地当起了导游：“冰雪大世界有个号称全球最长的冰滑梯，我看报纸上说有一千八百米长……啊不对，好像是二百米长，今年还要修一条更长的……咱们到了先去中央大街看俄罗斯建筑，吃西餐。现在哈尔滨正在下雪呢，还是少在室外走，太冷……咱们这航程差不多五小时……”璇子靠窗坐，眼睛望着层层叠叠的白云，哼哈应着，心里恍恍惚惚的。

十年前，璇子考上了离家不远的大学，报到那天遇见了来帮新生搬行李的学长。“我是哈尔滨人，名儿里也有个滨字，叫我大滨就行。”

璇子从没见过这么高高大大、声如洪钟的北方男生。她小鹌鹑似的束手束脚起来，红着脸低头说：“我就是这里县城的，我叫璇子。”

后来，白净娇小的南方姑娘璇子跟阳光高大的东北男孩大滨成了校园里的一对璧人。大滨先璇子一年毕业，为了能在一起生活，在当地找了工作。璇子毕业工作后的第一个春节，大滨正式拜访璇子的父母。

璇子爸和璇子妈都对这个未来女婿极其满意。准丈母娘更是对大滨疼得不行，逢人就说：“我们大滨，那么高哦，走到我们家里头都撞门框啊哈哈哈！”

春节后不久，大滨跟璇子说：“过几天就是你生日了，想不想跟我回哈尔滨看雪？”

“想啊！我长这么大还没见过雪呢。可是哈尔滨好冷的吧？我都没有厚衣服能在那里穿的吧？”

“哦，那我跟我妈说，您儿媳妇怕冷，不去看您了。”大滨说。

璇子这才知道，大滨是要带她回去见公婆了。

璇子的脸红透了。“哪个说要嫁给你了？”

“这恐怕由不得你啊——你不嫁我，我丈母娘都不同意啊。”大滨逗她。

那年月，两人都刚刚工作，又不想跟家里伸手，所以只能坐火车去哈尔滨。从他们所在的城市到哈尔滨没有直达火车，只能在北京中转，而璇子的生日正赶上春运后学生返校，票不好买。没有网上订票又不认可给黄牛党送钱，大滨只好一有时间就去火车站排队。

可是排了几天，买到的两张票居然差了一天。

“实在没办法了——我先走一天，你第二天走吧。”大滨也没办法，“我先回去也好，准备一下，给你买几件厚衣服，买双大棉鞋，不然你这小身子骨肯定受不了我们家那个冷。”

大滨提前璇子一天出发，这本来没什么，可璇子从小到大没出过这么远的门，心里没底。好在都有手机，可以电话联系。

第二天，璇子也上了火车。她刚刚放好行李，大滨的电话就到了："我们马上就能见面啦——到时候我带你去看大冰雕，有好几层楼那么高；带你坐冰滑梯，有一百多米长！"

晃荡了二十几个小时，璇子终于到了北京。北京的冷已经让她吃不消。还是大滨疼我，回家给我买厚衣服了——瘦小的璇子被北京车站汹涌的人潮挤得东倒西歪，想起大滨，心里还是甜甜的：大滨该到家了吧？已经穿上很厚很厚的衣服了吧？哈尔滨在下雪吗？他不会忘了来接我吧？

璇子拨通大滨的手机，没人接。

是在给我买东西没听见吧？璇子对着没人接听的电话傻笑。

"璇子，醒醒，我们到了。"璇子睁开惺忪的双眼，飞机已经降落。她没着急站起来，而是把脸凑近窗子看外面。

在哈尔滨，小周始终保持着高度的热情，这越发显得璇子心不在焉。其实她在卖力记取眼中看到的一切，像要用记忆把它们都带回家据为己有一样。她走在中央大街上，想象着小小的大滨走在这条街上去上学、买东西，走着走着就长大了，变成她在南方遇见的那个高高大大的学长了。

璇子站住，转过身来对小周说："给我照张相吧。"

小周当然愿意效劳。照完了，他看着手机里的照片嘟囔：“璇子，你怎么都不笑啊……”

晚上，小周和璇子来到冰雪大世界。刚进门，小周指着不远处一个庞大的冰雪建筑说：“璇子，你看，二百米长的冰滑梯！”

说完，小周就拉着她去排队等着滑滑梯了。

现实并没有小周想的那么浪漫。排队滑滑梯的人太多，人挨着人，像在火车站。时不时还有没素质的人加塞。

六七年前，璇子也差不多是这样，像个陀螺似的被北京站的人群挤得团团转。她再次进站，准备上车。这时候，手机响了。

“大滨！怎么不接我电话呀！我到北京了，马上要上车啦……”

电话那头却不是大滨。

小周小心地保护着璇子不被人挤到。他看出璇子心没在这儿，以为她嫌他没计划好，不高兴了，就一个劲儿赔不是：“没想到这么多人，让你在这儿受着冻站着，都怪我之前没再多问问来过的人，攻略里也没写……”

“没关系的。”璇子说，“我不冷。”

璇子看看前面排的人，已经没有几个了。滑梯口有工作人员，须等前一位已经快滑到头再让下一位接下去，顺便指导如何保持重心、注意安全等。每个滑下去的人都一路尖叫，看起来很 high 的样子。

小周这么诚惶诚恐，让璇子有点儿心疼了。她抬起眼睛看看他：“谢谢你啊，费这么大劲给我过生日。”她第一次发现原来小周个子也蛮高的。

轮到璇子了，工作人员简单交代了几句，让她做好准备。倒是小周坐立不安，不知道是冷还是紧张，原地乱蹦：“璇子你别怕啊，璇子没事的，璇子你滑下去之后在下面等我，我马上就到啦。”

小周的絮叨把旁边的工作人员和排队的人都逗乐了。有口音一听也是南方过来的大姐说：“小姑娘，你好幸福啊，你看你老公多宝贝你！”

这时候，工作人员在璇子背后轻轻推了一下：“走！”

璇子稍稍向后仰着身体，耳畔是呼呼的风声，眼前只有正好容纳身体的窄窄长长的冰滑道。

“啊！！！”璇子似乎听到前面的人的尖叫声，但她没有叫。

璇子想，我是从什么时候开始变成这样一副万事都无所谓的样子了呢？以前我可不是这样的，爱脸红，爱哭，喜怒哀乐都写在脸上。大滨过去就总笑话她：“真没见过你这么爱哭的，眼泪唰啦一下就淌满脸，真该去演电影。”

但璇子知道，大滨就是喜欢她这份不掩饰的真和简单。

璇子也知道，从她在火车站接到那个用大滨号码打来的电话开始，她就变成现在这个样子了。

“是璇子吧，我是大滨的妈妈……大滨他昨天晚上上街买东西，有个人酒驾，把他撞了，抢救了一宿，没……没救过来……”老太太“哇”一声大哭出来。

璇子在这条似乎一辈子也到不了头的滑梯上平静快速地向前。她想，要是人生总是这么顺当，不出什么岔子，那该多好啊。

所以，其实璇子是到过哈尔滨的，只不过哪儿都没去，只是去参加了大滨的葬礼，见了大滨的父母。大滨的妈妈拉着璇子的手，哭成个泪人：“多好的闺女……我没福……我们大滨没福啊……”

璇子也见过雪——大滨葬礼的那天，下了很大的雪，一下就是好几天不停。葬礼后，她买不到回程的票，又不想给大滨家添麻烦，自己找了一家小旅馆待着，每天不知道吃喝，净坐在窗口看雪了。小旅馆暖气给得不好，老板娘过意不去，给璇子送来个小电暖气。“可别把这南方闺女冻着。”老板娘走了，璇子偷偷学着她的东北口音，想起大滨过去老笑话她学的东北话南腔北调根本不对，于是“扑哧”一下笑了，两行眼泪也扑啦啦滚落下来。

当年，璇子妈也吓坏了，生怕女儿在哈尔滨寻了短见，一把鼻涕一把泪地打电话来：“璇子啊，妈知道你心里难受，可是你也不能做傻事啊，大滨要是知道了也不能应许的啊……”

后来，璇子还是回来了，但整个像变了个人。她不跟大学同学联系，也知道同事们背地里都叫她“冰美人”，说她性格奇怪。她一开始因此有点儿伤心，不过后来也惯了——已经有这么多的伤心了，多一点儿少一点儿又能怎么样呢。

从她和小周来到哈尔滨，这里就飘着细雪，没什么风，因此这雪也不讨厌。璇子突然觉着，在三十岁生日这一天小周突发奇想带她来哈尔滨，这一切是有旨意的。也许是老天爷在暗示她什么，也许是大滨想跟她说什么。这些年来，她听过太多劝说，都是好心，可她就是走不出来，也没法假装已经走出来了。

以前她钻牛角尖，大滨总用东北话埋汰她：“唉呀妈呀，瞅着挺好看个小姑娘，老猪腰子贼硬，谁说啥都不行！”他一这么说，她就乐了。

她想，要是当年跟大滨结了婚，现在孩子都挺大了吧。已经开始七年之痒，看对方都不怎么顺眼了吧。她当了妈，还能那么单纯那么傻吗？他当了爹，还能那么宠着她，大晚上顶风冒雪去给她买厚衣裤，怕她冻着吗？

滑梯眼看到头了，滑梯尽头有个人高马大的工作人员，怕游客受伤，在那儿盯着，远远看去，裹得严严实实的身形可真像大滨啊。

璇子的眼泪扑啦啦滚下眼皮。一哭就脱了力，滑梯到头，她坐在原地起不来了。

那个工作人员走过来扶她，问："咋啦妹子？"一看璇子哭得抽抽搭搭的，吓了一跳，"哎呀妈呀咋整的，还吓哭啦？！"

"没事……"璇子泣不成声地解释，"想起点事。"

"啥事啊哭这样。记住大哥的话——那都不是事儿，是事儿就一阵！别哭啦，活着嘛就高高兴兴的——再来一圈不？"

"啊？还来啊？队老长了。"璇子说。

"哈哈哈哈哈……哎呀妈呀乐死我了，这妹子还会说东北话呢哈哈哈哈！长怕啥呀，日子就是得长长地过哪！滑第一圈你哭了，说不定滑第二圈你就乐了哪！"

璇子让他说愣了，总觉着此中有真意。这时候身后"哇哇哇"的尖叫声传过来，是小周滑下来了。

小周一落地就赶紧跑过来问璇子："璇子你还好吧？璇子你没事吧？璇子你哭啦？"

"没事没事。"璇子已经收住眼泪。

"瞅你对象对你多好——再玩一圈不？"大哥说。

“啊？”小周也被“再玩一圈”的建议吓了一跳。

倒是璇子突然兴致盎然，拉着小周说：“走，排队去。”

只要璇子高兴，小周就高兴。他乖乖跟着她又去排队了。

长长的队伍里，璇子站在前面，感觉细雪轻轻打在脸上，麻酥酥的，心情异常开朗，嘴角浮着几分笑。小周怯生生地在璇子身后说：“其实我刚才害怕了，但想到你在前头，怕你害怕的时候找不着我，我想我怎么也得上啊。我是闭着眼睛滑下去的。”

“没事，我保护你。”认识也有一年了，璇子知道小周对她好。

小周像得了莫大的奖励，故意夸张地说：“璇子，那以后你都保护我吗？一直保护我吗？”

璇子感觉自己的脸微微红了，点了点头。

下次给家里打电话的时候，可以跟父母说说小周这个人了吧，璇子想。

大滨小时候，也滑过这种很长很长的冰滑梯吧。他一定不会害怕，所以我也不害怕。璇子又想。

大滨，你在上头好好的。璇子仰起脸，望着雪来的地方。小周默默地在身后牵住了她的手。

总有一句歌词

Lyric

打湿你心

Heart

chapter 29

你啊你

/

是**自在如风**的少年

/

飞在**天地间**

/

比**梦**还**遥远**

/

Fly to the other side of the city

《你飞到城市另一边》

我们总以为自己爱上了一个人，又爱上了一个人，其实只是不断爱上某一类人罢了。

在当局者对此懵懂不知的时候，旁观者早已经看得清清楚楚：她的男朋友全都高高瘦瘦斯斯文文，戴着小眼镜，穿着白衬衫；他身边的女孩则面孔模糊，走马灯似的只有一双大长腿接着一双大长腿；他只喜欢可口可乐瓶身材；她跟才华型浪子从来扯不清……仿佛老天爷早为每个人布下连环局，我们所能做的，不过是活到那些个没有更早也没有更晚的时刻，于时间无涯的荒野中，一头跌进虚掩的命运。

比如Coco最钟爱的，就是身跨铁骑飞来飞去的摩托车党。

早年的电影里，他们穿着皮衣，见棱见角的脸上架着硕大的墨镜，烫着飞机头，被霹雳手套半掩的大手钳子一样握紧摩托车把手，口哨一响，一个头盔便飞到姑娘手中。

“上车，带你兜一圈儿。”

这种邀请，像童话里英俊的王子在马上向仰望他的公主伸出颀长的手臂，没有女人能够拒绝。

Coco更不会拒绝。她抬起一条长腿，稳稳跨坐在车上，双脚踩稳踏板，扣上头盔的搭扣，“咔”。出于女性礼貌性的矜持，她并没有马上抱住这个并不熟悉的男人的腰。

“坐好。”

话音刚落，车“呜——”一声飞将出去，Coco 下意识地一把抱紧了男人。

虽然看不见他的表情，但心里知道他一定偷偷坏笑了一下。Coco 索性把脸贴在他背上，欣赏着街市的夜景。

是呢，每个摩托车男的招数都是一样的呢。

非要比较的话，Coco 坐过的摩托车后座，也并不比这个摩托车男后座上坐过的女孩少。

Coco 的男朋友，或是一起念书的同学，或是同事，或是朋友的朋友，或是酒吧捡的，或是社交 APP 摇来的，总之从头到尾，十个有八个是摩托车党，而且都不长久。

朋友都劝她：

“只有追求极限刺激的男人才会玩儿摩托车，靠不住的。”

“有什么好啊，不遮风不挡雨又不安全。”

“是啊，虽说招摇过市的时候很拉风……不过也不是小姑娘啦，总不能为了这个就爱上一个男人吧。”

任凭别人说什么，Coco 还是执着于这份独特的喜好。

在城市里，尤其是白天，摩托车飞侠已经不多见了。如果对此丝毫不感兴趣，很可能几年也看不到一辆呼啸而过的大摩托，可吸引力法则告诉我们，每个人的心愿所散发出的气场都会吸引相关事物与之靠近。因此，Coco身边从来没有缺过摩托车男，甚至想躲都躲不开。

为了躲开上一段恋情结束的创伤，Coco退租了房子，出去玩儿了一圈，又找了新的工作。部门男多女少，见来了水葱似的Coco，马上张罗晚上为迎接新人聚餐。下班走出写字楼，几辆车早已首尾相接在路边等着她。

"Coco，上我的车吧！"

Coco羞涩地拉开最近那辆车的门，身旁"呼"一声闪过一辆摩托车。

"你们慢慢开，我先过去啦！"头盔里瓮声瓮气的话还没说完，摩托车已经射了出去，留给大家一个越来越小的背影。

正是晚高峰，几辆汽车很快就汇入了堵成渣渣的车流。载Coco的男同事跟她闲聊："刚才那个骑摩托车的同事，看见了吧？还是人家的车给力啊，不会堵，估计现在已经到了吧。"

热热闹闹吃了饭唱了歌，Coco与大家熟悉了不少，走出来告别时，大家都问她家在哪里，看看谁最方便载她。

"今天为迎接我安排这么好的聚会，已经太感谢了，我自己打的回去就好啦，很近的。"Coco谢绝。

这样争论了一会儿，Coco 始终坚持自己回去，同事们只好放弃，与她告别，各自离开。夜晚的街道仿佛开阔了很多，几辆车倏忽便消失不见了。

Coco 这才走到一直在磨磨蹭蹭的摩托车男身边：“我家在 ×× 小区，很近，你可以送我吗？”

“上车吧。”

这场景如此熟悉，如此安然，后座上紧紧抱着他的 Coco 已经分不清今夕何夕。

“到了。”摩托车男把车停下。她住得确实很近。

“哦。”她没动，脸依然贴在他背上。

他也并没催她下来：“要不，去环路兜兜风吧。”

“好啊。”

“呜——”又出发了。

车速越来越快，Coco 知道，他在炫耀车技，让这个刚刚认识的女孩体会速度与激情碰撞的快感。她也的确享受这样的瞬间——平常的生活太无聊了，所有能够凭栏迎风的时刻，都应该倍加珍惜。

尤其，此刻，是你与我在一起啊。

沿途有收摊回家的卖花少年骑着电动车，后座上有几枝玫瑰、向日葵，Coco 伸出手去，手指刚好碰到花瓣边缘。温润的触感一闪即逝，摩托车便超过了电动车。也有开着艳红色敞篷跑车的男女，音响开到最大，与他们玩起了彼此赶超的游戏。跑车上的姑娘把围巾一扯，露出深如沟壑的“事业线”；Coco 也不示弱，头盔摘下来，用拇指和食指吹出一声刺啦啦的呼哨。一头长发倾泻而出，庆祝胜利似的御风摆荡，像昭彰着一面夜色的旗帜。

这一切都太完美，不像真的。大概他也这样想，所以必须让她知道这是真的。

他放慢车速，将车开近洒水车。

Coco 很快被淋了半身的水，可是她一点儿也不生气，反而笑得很开心。

哗哗哗。

哈哈哈。

兜了一大圈，他才把车停在大桥下。

“怎么了？”

他酷酷地说：“下车吧。”

两人下了车，互相看看半边湿透的对方，都忍不住笑。他接过她递过来的纸巾：“好在现在是夏天。”

“嘁，我知道你是故意的……这是哪儿？为什么在这里停下？”

“就是因为不知道是哪儿，所以停下了。”他诚实地说。

Coco 又笑。真开心啊。

他凑过来："我想亲你。"

Coco 说："我也想。"

于是，他们在一起了。跟之前的摩托车男友差不多，他带 Coco 去山里看过星星，去海边看过日出。他们渡过小河，闯过沙漠。一路都是鲜花与微笑，梦一样美好，没有一点儿惹人嫌的人间烟火气。

摩托车的车轮转啊转，转啊转，似乎可以永远这样转下去。

可历史总是不断重演，摩托车跑啊跑就跑远了，留下一个越来越小的背影，小成一个黑点，小到看不见了。

分手了，每天上班还要朝夕相对，真是糟透了。而更糟的是，摩托车男身边总是不断换女孩，他毫不避讳地载着她们出现在同事们面前，包括 Coco 面前。

气得牙根痒痒的当口，Coco 不是没想过再找个骑着更大摩托车的帅哥来接送她上下班，杀杀他的威风。对于她来说，这应该并不困难。可冷静下来想想，又是何必呢。

于是，只能像过去一样，退租房子，出去玩一圈，换工作。

总这么折腾，什么时候是个头儿啊？朋友们第 N 次劝她："只有追求极限刺激的男人才会玩儿摩托车，靠不住的。"

“有什么好啊，不遮风不挡雨又不安全。”

“是啊，虽说招摇过市的时候很拉风……不过也不是小姑娘啦，总不能为了这个就爱上一个男人吧。”

不同的是，Coco 第一次给出了解释：“其实，我并不是想要什么拉风不拉风的感觉啊。”

哦，那是为什么？

Coco 说，在她很小的时候，她的爸爸曾经拥有一辆摩托车——他是一个警察。爸爸骑着这辆摩托车载着小 Coco 上学放学，同学们都觉得她威风极了，羡慕嫉妒她有那么威风的爸爸。所以她从小就觉得摩托车是非常了不起的东西，而骑摩托车的男人是最帅、最有男性魅力的。

后来呢？

“我七岁那年，爸爸出任务出了意外，去世了。”

七岁，刚刚萌生不久的记忆里，爸爸的面孔都是不大清晰的，但她记住了爸爸骑的那辆大摩托。她幼小的幸福、荣耀和关于父亲最快乐的记忆，都在摩托车后座上。

在那之后，朋友们不再规劝 Coco。

“我前两天去打球认识个哥们儿，骑一辆大摩托车，人挺帅的，要不我组个局，你们认识一下。”

“我前几天去修车，看见一家做摩托车的店，进去聊了几句。老板很年轻，单身，自己也玩儿摩托，有好多藏品，你肯定会喜欢……”

……

我们总以为自己爱上了一个人，又爱上了一个人，其实只是不断爱上一类人罢了。

c h a p t e r 3 0

有时**激昂**

/

有时**低首**

/

非常**等候**

/

I'm ugly but gentle

《我很丑可是我很温柔》

总 有 一 句 歌 词

Lyric

打 湿 你 心

Heart

////

一

段小姐其实不姓段。

黝黑瘦小，个子不高，平底鞋，形状模糊的中长头发，总穿得灰灰的……入职已有两三年，段小姐一直是老样子，见人点一下头或笑一下，没什么话。

每个人身边都有段小姐这样的人，颜值低又不懂得自我推销，能力平平性格又被动，几乎毫无存在感。尤其供职于这种假洋范儿公司，互相常叫的都是 Lisa、Marie、Jake 什么的，更没人费心记住段小姐的确切姓名了。

“段小姐”这个名字被叫开，是这年的元宵节。元宵节本来是团圆节，为免单身下属和家在外地的员工顾影自怜，主管请大家吃饭看电影，段小姐也在其中。

元宵节的晚上，主管带七八个手下先撮了一顿，又去影院看《西游·降魔篇》。电影到尾声，舒淇饰演的段小姐在弥留之际，与心爱之人有这样一段对白——

你又被我抓到了，你还不承认你爱我。

我爱你，第一次见到你就爱上你了。

有多爱？

好爱，我没有一天不想你。

爱多久?

一千年，一万年。

一万年太久了，爱我，现在……

“哎哟，好肉麻。”男同事都说。

“你们懂个屁，多感人啊。”女同事个个噙着泪。

此时，段小姐的恸哭横空出世：“哇……呜……”

整个影院为之一振，大家都不看电影了，循着披肝沥胆的哭声看过来。

段小姐旁若无人地直哭到影片散场，灯光亮起，几乎是被同事七手八脚架出影院的。无论怎么劝，她始终泣不成声，一句整话都说不出来。

这则新闻很快便传遍了全公司。段小姐入职几年，从来没像那个元宵节后的早上一样迎来如此齐整集中的关注。第二天一早上班，走向卡位的路上，一个男同事与她擦肩而过，随口打招呼：“来啦，段小姐。”

她其实没听清他说了什么，只是下意识地回道：“啊，早啊。”

从此，人人都叫她段小姐。

二

主管虽说是上司，其实不过三十出头。婚房装修完毕又开窗放了两三个月的甲醛，终于可以入住了，从大学就开始谈的女朋友却突然有了更好的工作，甩了他头也不回地飞到美利坚去了。主管一个人住在婚房里怀疑人生，着实颓唐，于是召集手下周末都到他家里涮火锅："就当给我冲冲喜。"

年轻的朋友来相会，比什么都快乐。架起电火锅，洗好青菜，刨好的肥牛、肥羊咔咔下锅，装着冰啤酒的玻璃杯清脆相碰。酒酣耳热之后，有人提出斗地主，但是不走钱财，赢家可以让输家挑选真心话还是大冒险。

冰雪聪明的女同事们怕输了被整太惨，都撒娇嘟嘴说人家不会斗地主耶。问了一圈终于问到段小姐这儿，她历来不懂拒绝，也不想扫大家的兴，怯生生地说："我打牌很差的……"

"没事，会打就行，就是玩儿嘛！"

就此，段小姐临危受命，披挂上阵，果然出师未捷，第一把就输得稀里哗啦。

"真心话还是大冒险！"

段小姐的脸憋得通红："真……真心话吧。"

最先叫段小姐"段小姐"的男同事眼珠一转："说说你那天看电影为什么哭那么惨吧。"

“对啊对啊！”众人都聚拢来听答案。

“那个……就是……我……”段小姐急得直搓手。

“快说快说，愿赌服输！”都催她。

“没关系的小段，你看我被未婚妻甩了，惨兮兮一个人守着得还三十年贷款的空房子，不也没避讳大家吗？你也不会比我更糗，事情说出来比憋在心里强。”主管鼓励她。

“嗯。”段小姐迎着主管的目光，似乎的确获得了一点儿勇气，“因为之前我男朋友也跟我说过那样的话。”

“什么话？”

“就是说很爱我，爱我一万年什么的……”段小姐害羞地低下头去。

“你不会信了吧？”女同事撇嘴，“男人说这种话怎么能信呢。”

“嗯，我信了呢……”段小姐的头快低得贴着地板了。

“后来呢？”

“后来……后来……”段小姐再也不抬头看大家了。

“啊呀差不多行了，人家小段已经回答你一个问题了，想继续问得再赢才行。”主管帮段小姐解围。

“好吧好吧，洗牌，再来！”有主管保驾，大家也不好说什么。

好死不死的，段小姐又输了。

“就继续刚才的话题说下去吧！”赢家倒是直接。段小姐牌技实在太烂，这回主管也爱莫能助了。

段小姐只好讲了自己的前世今生：她生长在一个山清水秀的小镇，邻居正是一个与她青梅竹马两小无猜的少年。转眼到了高三，男孩成绩很好，段小姐只想跟他考到一个城市，隔三岔五能看到他。高考冲刺阶段，他越来越忙，几乎不理段小姐。休息日，段小姐站在他家院子外，想去问问他要考到哪里，又怕打扰他做功课，结果身影被男孩的妈妈瞄到，假装不小心把一盆洗菜水泼在段小姐身上。“我儿子是要考重点大学，以后还要出国去的，你怎么配得上他？以后不要再来打搅他了。”

段小姐穿着滴滴答答的湿衣服抹着眼泪跑回家。但后来她还是辗转打听到了男孩报考的城市，于是也跟着锁定了一所她能考上的同城学校。

“你喜欢他什么啊？”

“聪明，帅，体贴，温柔……”

“哦哦，那他喜欢你什么呀？”

“喜欢我……喜欢我特别会等吧。”

“会什么？”

“等。”

段小姐说，念大学后，她经常坐公交车从城市的这一头晃到那一头去看男孩。男孩在大学依旧优秀，总是忙着组织活动、参加球赛、上自习备考什么的，不能随时接待突然到来的段小姐，所以她大多数时间都在等他。她在教室门口等他下课，在室内球场等他打完比赛，在学生会楼的台阶上等他做完活动，在宿舍楼下等他起床……短则等上半小时，长的可能等上小半天，甚至有时候他直接把她忘了，打完球直接跟队友去聚餐庆祝了。

“等这么久，你不生气吗？”

“不会啊，他真的很忙的，我不忍心催他。一次学生会开会商量校庆活动，一直开到半夜，我坐在台阶上等他，很饿又不敢离开，怕万一我离开这段时间他正好出来了。我一直盯着三楼角落那间会议室的灯光，隐隐约约还能听到他的声音。我觉得好幸福啊。”

“哈，你倒是‘懂事’。”

“是啊，他也这么说。”

“你这就是暗恋啊。”女同事插嘴，“人家不喜欢你吧？”

“不是啊！他很喜欢我的，我们俩一起长大的，四岁那年他就说过长大要娶我的。”段小姐争辩。

“小孩子说的话怎么能当真呢。”

“才不是！他出国前明明亲口跟我说爱我，爱我一千年一万年一辈子，让我等他回来！”大家从未见段小姐如此激动，额头上的青筋都暴了出来。

“嘁，那你们现在不是还没在一起吗？他几时回来啊？”

段小姐又低下头去：“去年他告诉我说他在美国结婚了，娶了他的研究生同学。”

“靠，渣男啊！”

“不要这么说啦，他一个人在美国也很寂寞吧。”段小姐一只手在地板上画着圈圈。

“摆明了之前也没有接纳你，那就把话说清楚啊，临出国之前还说什么‘爱你一万年’，让你等他，摆明就是骗你当备胎嘛！”同事群情激奋，“渣男，让他去死吧。”

“过去的事说这么来劲干吗，还玩不玩啦？快，抓牌。”大家聊得欢的时候，主管已经洗好了牌，“呦，牌面这么给力，我叫地主啦，谁也别跟我抢，要不等上班我给谁穿小鞋。”

“哈哈，不敢不敢。地主大人——请。”

主管的牌的确好，赢了。输得最惨的还是段小姐。

“哎我说小段，总选真心话有什么意思，选大冒险吧。”主管说。

段小姐满脸不安：“啊？好……吧……”

主管站起身来：“跟我来。”

主管在储物柜里鼓捣一番，翻出一把装修用的大美工刀。

“拿着。”说完，他又进了卧室。

段小姐战战兢兢地接过刀，无助地看看同事们。

只听卧室里叮叮当当响了一阵，主管撑开双臂抬了一张硕大的带相框的婚纱照出来。

“傻愣着干什么，搭把手啊！”他累得一脑门细汗，招呼大家帮忙。

大家七手八脚地把婚纱照抬到阳台上。“扔地上就行了。”主管说。

“啪”一声，穿着结婚礼服的主管和未婚妻躺在了阳台上。

“小段，你过来。”主管说。

人群回转身去，望着双手颤巍巍握着美工刀的段小姐。

大家给段小姐让出一条路。

她抬头看看主管，又低头看看地上笑得一脸灿烂的准新郎。

“好了，大冒险吧。”

“啊？”段小姐不明白。

“把这照片划了，划得越碎越好。我天天看见它就烦，觉都睡不好——过去真有那么好吗？真好就不会成为过去了。别美化了，该byebye就得byebye。划吧，当是帮我个忙。”

段小姐这才明白主管的意思，眼中突然有了神采。“那我……我划了。”

“划。”主管斩钉截铁。

段小姐蹲下来，极其细致地从边框的一角下手。“呲”

一声，照片被一划两半。她抬头看看主管。

“继续啊，看我干吗？”

呲。

咔。

唰。

三

半年后的一天，在会议室。

“没什么问题的话，可以散会了。”主管合上电脑。

“主管，段小姐已经三天没上班了。”一个女同事说。

一句话激起了所有人的谈兴。

“会不会是病了啊？”

“不会是那个渣男又从美国回来骚扰她了吧？”

“不会吧，段小姐现在可跟过去不一样啦，漂亮了好多呢，怎么还可能理那个渣男。”

“也是啊，昨天她穿的那条红裙子配高跟鞋好漂亮！我还问她在哪儿买的呢。”

“人家穿好看，你穿又不一定好看。她现在胖了些，有曲线了，我才发现她身材不错呢！”

“是啊，她现在又漂亮，人又开朗了不少，我都想追她了！”

“哈哈哈哈……你这么猥琐人家才不会喜欢你……”

“好了好了。”主管像个大家长，慈祥地收住下属们的七嘴八舌，“明天又是周末了，有时间的到我家吃火锅吧。”

“好呀！谢谢主管！”

“这次还要不要斗地主啦？”

“斗地主你们每次都欺负段小姐，好讨厌。”

“哪有，那是她自己牌技烂啊。”

“唉，话说不知道段小姐到底怎么了呢……”

第二天中午，几个同事买了点卤菜、啤酒、水果等，赶到主管家。

“哇，主管你家这么干净，我都不敢进了！”

“别啰嗦，快进来！”系着围裙的主管笑眯眯地迎接大家。

眼尖的女同事一眼就发现不对：“主管，你有情况吧？”

“怎么啦？”主管问。

“家里这么干净，还添了这么多小东西，你看这瓶子里有百合，窗子上还挂了日式风铃……一个大男人怎么可能这么细心？”

“难道你未婚妻又回来了？”有同事突然想到，“完蛋了，婚纱照……”

“怪也得怪段小姐啊，是她划的。”一个女同事说，

“还是没有联系上段小姐呢……主管，可以借你家卫生间用用吗？”

“当然啦。”

她刚进了卫生间，又嗷一声跳出来：“果然有情况！我看见一对情侣牙刷和两条情侣毛巾！”

“怪不得段小姐藏起来了，是怕嫂子知道她划了婚纱照吧。”大家面面相觑，都有点儿担忧。

“让我看看，是谁在背后说我呀！”从厨房里闪出一个人来，是段小姐。

“好啊，怪不得找不到你，原来你先到了！”大家把段小姐簇拥在中间，“最近怎么没上班啊，身体不舒服了？”

“因为违反公司的规定，所以准备辞职了呢。害大家担心了，对不起。”段小姐说。

“辞职？这么严重，你违反什么规定了？难道你偷拿公司钱了？主管知道吗？”

“他当然知道了，就是他挑唆的。”段小姐哈哈大笑。

同事们集体沉默——这两人到底干什么了？

此时，主管揽住段小姐的肩膀，大家这才发现他们的围裙是情侣款，站在一起正好拼成心形。

“我跟段小姐已经登记结婚了，因为公司不允许员工恋爱，所以我们商量了一下，需要辛苦她辞职去别家公司。”主管含情脉脉地望着段小姐，“感谢她为我做出的牺牲。”

段小姐害羞地微微垂下眼睑："我已经递交了辞职信，今天张罗这次聚餐，就是想正式通知大家这件事，也是感谢兄弟姐妹们一直以来对我的照顾。"

"主管你好过分，这么大的事瞒我们这么久！"

"都领证了，一顿饭就想打发我们啊，不行啊，办婚礼之前我们还要吃大餐！"

"喂喂，这就领证了，你们进度是不是快了点啊？"

"快吗？不会啊。"段小姐说，"还需要等什么吗？"

"就是，人家电影里的段小姐不是说了？'一万年太久了，爱我，现在'。"主管说。

总有一句歌词

Lyric

打湿你心

Heart

////

chapter 31

Making love out nothing at all

《让爱一切成空》

But I don't know how to leave you

（但我不知道如何**离开你**）

And I'll never let you fall

（我**永远**不会让你跌倒）

And I don't know how you do it

（我不知道你是怎么做到的）

Making love out of nothing at all

（让爱**一切成空**）

一直以为，把“making love out of nothing at all”翻译成“让爱一切成空”，实在有点儿不知所云，还不如“爱让一切成空”更确切一些。

歌词中自述剖白的这个“我”，知进退，城府深，有过人心机。既懂得明哲保身，也善于据理力争；既在恰当的时机欲擒故纵，也审时度势见好就收。“我”如鱼得水，“我”功成名就；“我”有力挽狂澜的胆识，也有置之死地的权谋。“我”从不会在游戏中走错半步，因为“我”谙熟所有的规则，“我”就是规则。

看起来，“我”像个恶人，至少不是个客观意义上的好人。

如此人中之龙凤，唯一的烦恼该是独孤求败的寂寞，念天地之悠悠，独怆然而涕下。可惜，江湖儿女没老在江湖，却老在一片温柔乡里了。“你”是一道闪电，咔嚓一声，把“我”这棵参天巨杉劈成焦炭；“你”是一道隐蔽的阴沟，嫣然一笑，让“我”这个乱世枭雄当场翻船。

蚂蚁绊倒了大象，美人杀死了金刚。陈玄风抱住了梅超风，李莫愁死磕陆展元，恶人坠入了爱河。

恶人的爱情往往是羞怯的，因为有太多放不到台面上的情愫。电影《亲爱的》里，拐走孩子的老杨害得孩子的生身父母生不如死，大体可以算作一个恶人。可电影结尾，谜底揭开，老杨是因为知道自己不能生育，只好骗妻子说没有生育能力的是她，于是抱了两个别人的孩子给她做伴。他的逻辑当然令人失语，但对妻子这份包藏千言万语的愧疚倒实实在在。

恶人的爱情往往是偏执的，因为他们表面光鲜的世界背靠着虚无的黑洞。郑秀文和刘德华在《龙凤斗》里演过一对身价不菲的雌雄大盗，他们斗智斗勇，纵横四海，刘德华却因为一次分赃不均突然与郑秀文离了婚——他身患绝症，自知时日无多，只好与爱人拉开距离，免她伤心。此后，他将身后事安排得妥妥帖帖：他不在，她一定寂寞，于是挑选人假扮他，时不时掠过半个身形，让她捕风捉影，乐在其中。

恶人的爱情也往往蛮通透——谁让他们谙熟所有的游戏规则呢？《甜蜜蜜》里，曾志伟饰演的落寞的黑社会大佬豹哥，女人来跟他分手，适逢他正要跑路，于是欲言又止。倒是豹哥先开口："你什么时候变得这么啰唆，以前都不是这样。傻女，听我说，现在立刻回家，洗个热水澡，明早起来，满街都是男人，个个都比豹哥好。不用担心，我很有办法的，在台湾有很多老婆，高雄有一个，台中有一个，花莲有一个，阿里山也有一个……"他先说了这话，她便不用为难，不用在良心上背负太多谴责。豹哥在生死未卜的跑路夜船上，给了她最后的担待。

我正在写的一部长篇小说里的男主角吉普，恰好是个恶人。他有妻子，却在婚恋中心登记资料，同时交往几个女人，将她们的感情玩弄于股掌之间。对于那些被他伤了心的女人，他并无愧疚，也不试图补偿。即使被骗的女主角白小七已经找到他的家，见到了他的妻子，他依然面不改色，信口说自己一定会离婚，让她信他，等他。

如此这般的一个男人，在连载过程中，常常令读者恨不能拍桌怒骂，在留言里写“吉普去死”“赶紧来个雷把吉普劈死吧”……但经历了种种狗血事件后，吉普居然真的对白小七动了情。他明知道白小七怨恨他的欺骗，报复他，暗地里给他制造了这样那样的麻烦，却因为舍不得她，只是默默承受。当这些由另一个人物告知白小七时，她也长久地沉默了。吉普最终离了婚，忐忑地向白小七屈下膝盖，请求她的原谅，请求她嫁给他。

那么，她嫁给他了吗？在连载页面，我给这部小说加了一段解说作为副标题：

我爱你，但我不能嫁给你。因为我恨你。

在爱情初起时，它是闪电划过天空后炸响的隆隆雷声。当爱情离开时，它是雷电消逝后的亘古沉默。小说越写到后来，我越要时不时停下来缓一缓，有时候会深深地自我怀疑，为什么要写这样一个故事出来。如果小说中的人物都是切实存在的，我希望白小七不要跟吉普相爱，甚至不要相遇。被一个恶人爱，与爱上一个恶人，都似沙里淘金，淘到淘不到，都很辛苦，让人为难。

或许，一旦动情，这世上便不再有恶人，人人怀抱一颗素心，任凭爱人为它涂抹颜色。Making love out of nothing at all，爱让一切成空。

刻意凝视每个眼神，却只看见自己也不够诚恳。

每个女人都有一个闺密专属聊天群（或者是QQ，或者是微信，或者是下午茶，管他呢），而每个这样的群里都有一个负能量发射器。

她可能是个软妹。觉得自己因为美貌、有才华或异性缘太好而常年在寝室受到排挤。“这群丑八怪嫉妒我，活该没有男朋友。”

她可能是个初入职场的小白领。今天因为大龄女上司分派给她费力不讨好的工作而愤愤：“哼！怪不得一把年纪还嫁不出去！”明天因为帅哥同事约了邻桌的姑娘吃饭而不爽：“这对奸夫淫妇肯定干了什么见不得人的事，呸！”

她可能是个新婚太太。婆婆三句话有两句半不中听，老公又和稀泥，没有立场明确地站在她这一边。“要不说结婚有什么意思啊！真是被他骗了！婚前还说什么都听我的，这才结婚几天啊就暴露本质了！”

她也可能刚刚做了妈妈。“我已经三个月没有睡一个整觉了……真不知道为什么要生孩子啊……不过我的娃可是继承了我的优秀基因啊，幸亏没有长得像我老公那个猪头三，给你们看看我娃——这张可爱吧！我刚照的……还有这张……还有……唉，说实在的，我的娃真是世界第一美男(女)啊……”

她可以是任何一种身份，身在任何一种境遇，特别有钱或特别没有钱，获得了被世俗认同的成功或根本看不到成功的可能，特别好看或特别让人见好几面都记不住……这都不重要。重要的是，生活中从不缺少随时随地发泄负能量的机枪手。

我当然也认识这样一位女机枪手。

还是个软妹的时候，小樱就具备了负能量发射器的潜质。接着，小樱变成了樱太、樱妈以及失婚有孩少妇老樱，她要吐的“槽”就越来越多，像一挺二十四小时弹夹常满的机关枪，永远在突突突，突突突。

以上提到的负能量典型症状，都是小樱在不同时间段的真实表现。除此之外，在二十六岁这一年，她还曾经在极短的时间内上演了惊险三级跳：

第一阶段，痛斥男人，移情事业。当年还是小樱的老樱在分手后迅速复活，毅然决然辞掉了国企的工作（“国企哪有一个好人啊，都是靠关系上来的，老娘还不稀罕呢”）。

她先是进入一家日企，可试用期还没过，日企的高强度工作已经让习惯了国企节奏的小樱吃不消，加上她考核期的表现也欠佳，留下的希望不大，便潇洒地离开了（“考核不合格怎么了？说明我爱国呀”）。很快，她又找到一家台湾老板开的公司，总算安生下来，但几个月也见不到一次的台湾老板却莫名中枪。“我们老板好难看的，有时间给你们发照片！真是，看他一眼，三天吃不下饭，他可千万别来潜规则我，不然我会跳楼的。我跟你们说哦……”她这样说了好一阵，也没有发过老板的照片给大家看，当然她的老板在公司的出镜率依旧很低，也丝毫没有流露出要潜规则她的意思。

第二阶段，期期艾艾，以泪洗面。工作安定了，生活有了保障，小樱又有大把时间想到以往与前男友的欢乐时光，瞬间整个人都不好了。那段日子，她常常大半夜还在群里发很长很长的消息，追忆往日的恩爱细节，带泪自拍咔咔咔地发出来。群里的女人们看她太苦情，想安慰几句，可怎么说都不对她的心意——说“我理解你”，她就怒斥“你怎么可能会理解呀，我的痛苦只有我自己知道”；摆正脸色劝她向前看，别沉溺在过去，她更悲愤了：“你们怎么都这么冷血，真是跟歌里唱的一样啊！‘成年人分手都像无所谓’。如果是这样，我宁愿永远做一个孩子……”最后每个心存好意的人都惹了一身骚，只好由她去了。

第三阶段，高调复合，闪电成婚。据小樱说，她的前男友不知哪根筋搭错了，突然回心转意，认定她才是一生挚爱，于是两人拥抱痛哭，当即决定扯证办事。

从婚礼的筹备阶段，小樱就开始了无尽的抱怨：婆婆给的礼金太少，拿不出手；老公买的“金四件”，项链细到看不见；钻戒也不是大牌子的，嫁给凤凰男就是人生失败；办酒席的酒店不合她意，房子的装修也上不了台面，地段又偏，上班下班挤地铁真是要了命……

好在小樱的老公蛮争气，婚后几年，事业蒸蒸日上，对妻子也宠爱。小樱结婚时的委屈基本都弥补了。钻戒、名牌包、大房子，车……燕子衔泥一般置办起来。小樱怀了孕，生了娃，索性辞了工作，雇了个长期保姆在家里，基本实现了个人解放。

在微信朋友圈里，她也从女性基本款的晒自拍、晒吃喝、晒加班，发展到了晒海外游、晒包包、晒饰品化妆品以及必备的晒娃。看着她站在自家车前，左手提着香奈儿小包，右手把娃揽在臂弯里的靓照，还真有点儿维多利亚·贝克汉姆的范儿。

这时候的小樱正是志得意满，成为朋友圈中的明日阔太，她的抱怨也偃旗息鼓了一阵，让大家都松了一口气。

这天，小樱突然在群里吼了一声：“我在市中心开了一家咖啡厅，正在试营业。明天是周末，请大家来剪个彩。”

哇，阔太就是不一样，说开买卖就开买卖了！女人们七嘴八舌地祝贺，说好都去捧场。

第二天下午，大家从城市的各个方向聚拢而来，有已经叫人送了花篮的，也有带着伴手礼的。一到店里，马上不约而同冲去吧台办了咖啡厅的 VIP 卡表示支持。

小樱的脸上并没有太多的喜色，领着朋友们上了二楼的包厢，沙发上一圈坐了。

“我离婚了。”

这几个人都不太会说片儿汤话，因此在这个节骨眼儿上，只能任惊讶在脑内撞来撞去，恨不能立时在脑门上撞出一块暴突的青筋。多时不抱怨的小樱如水库开闸，厚积薄发，开始发射攒了太久的负能量：老公没心没肺不知我带娃的辛苦、农村婆婆就知道省钱和照顾她孙子什么时候管过我的死活、父母把我当摇钱树天天跟我要钱当然不许我离婚、可我就是过不下去了我偏要离婚断了你们的财路、好在我未雨绸缪在婚前就拿下了这家咖啡厅以后不愁吃穿了、儿子也归我了我看他家那个农村老太太以后还怎么见她孙子……

无论离婚的理由听起来多么戏剧化和情绪化，但当事人如此确信自己的判断，别人也不好说什么。

可想而知，这次聚会草草散场。半是怕尴尬，半是确实离得太远，群里的人都再没去她的咖啡厅消费那张 VIP 卡。

万圣节、圣诞节、情人节之类的洋节日，小樱在群里发过几次咖啡厅的官方广告，大家无非打个哈哈敲个“生意兴隆”“看起来不错哦”上去，没人真的搭腔。

再提起咖啡厅，是群里有人去市中心逛街，想不如顺便去看看小樱，可是到了门口才发现原来的咖啡厅已经变成了花店。办 VIP 卡充的那几百块本来不算大事，可好端端的咖啡厅像《聊斋》里的鬼宅一样倏忽间不见了，老板娘也没知会一声，还是让人心里不舒服。

群里的大姐是做医生的。一天，她发了消息说：小樱在我们医院做手术呢，不好意思告诉大家，我想了想，还是跟你们说吧。她现在手头不宽裕，大家去看她的时候，顺便帮点儿吧。

大姐比我们大五六岁，跟老公都是从农村来的，带着儿子挤在一间十几平方米的出租屋里几年，终于把钱张罗得差不多，正在到处看房。她许久没发言了，想来说这些话也是斟酌过的。于是大伙又都买了鲜花和果篮，揣着冲喜的红包相约前往医院。

乳腺科。

小樱躺在床上，既没有台济白领的利落，也没有阔太的雍容，更没有咖啡厅老板娘的飒爽。松垮的条纹病号服下，隐约露出胸前缠绕的白色纱布。

孩子呢？

“我现在这个样子照顾不了，让他奶奶抱走几天。”

店呢？

“那个地方店租太贵，天天亏钱，开不下去。”

你这病……

“大夫说我心事太重，影响内分泌，还影响什么来着？反正影响很多。产后恢复又不好，没定期体检，增生变成肿瘤……反正最后就这样了。”

坐了一会儿，一个老太太走进病房，一手领着个小男孩，另一手拎着保温饭盒。

“呦，是小樱的朋友吧？都吃饭了吗？”老太太衣着的确不像城市人，但整洁得体，是老辈人的亲切。小男孩大概没见过这么大阵仗，缩在老太太身后。

在婚礼上都见过，这是小樱的婆婆——前婆婆。

老太太把保温饭盒打开了，熬好的高汤，汤色白亮，牛奶一样。

“快喝吧。我熬了一小天呢。”老太太扶起小樱，打开饭盒，用勺子舀了汤，喂到她嘴边。

小樱皱眉撇嘴：“我说过受不了这个腥味，你干吗还弄这玩意儿啊！”

“是大夫说你现在得多补充蛋白质。”老太太举着勺子，尴尬地冲大家笑笑。

“快拿走！一会儿弄我身上了！”小樱恼羞成怒地吼起来。

男孩被小樱突然提高的音量吓得哇哇大哭。

大家都尴尬得紧，赶紧把红包塞给小樱，各自散了。

最后一次见小樱，大家其实都是不得已——她在群里说一定都来，给她机会补偿之前 VIP 卡的亏欠，谁不来谁就是瞧不起她。约定的地点是一家光线昏暗的酒吧，因为是下午，时间还早，几乎没有客人，只有一个外国男孩在有一搭没一搭地唱，都是些慢悠悠的英文老歌。

小樱发给每个人一个沉甸甸的纸包，里边是一瓶洋酒。

“咖啡厅的事是我对不住大家，钱我现在是真没有，这瓶酒不错的，算是我表达歉意。”

别说这个了，你身体怎么样了？

小樱举起右手食指，绕场一周似的给众人展示了，然后冲左胸猛戳下去……胸“噗”一声瘪了，几乎听得到空气被挤压出罩杯的声响。

“没什么怎么样啊，就这样呗。不过我现在又有男朋友了。”她回身冲正在唱歌的男孩挥了挥手，男孩回报以飞吻。

因为同样是妈妈，所以群里的大姐本能地问起小樱的儿子。

“儿子挺好，上幼儿园呢。晚上我陪罗斯在这儿唱歌，我儿子就在这儿陪我，顺便还学英语了。”

想到那个见了人多就不敢言语，怯生生躲在奶奶身后的小男孩，大家心里都不是滋味。

大姐继续问：“这里晚上很吵吧？再说他唱歌不得到半夜啊，你儿子那么小，也陪着吗？”

“是啊，罗斯人很好的，还教他唱英文歌呢。”小樱嘻嘻地笑。

大姐几乎是气愤了：“小樱，咱们认识少说也有十年，你结婚、当妈、辞职、离婚、开店、失业、手术，好好坏坏也经历不少，不是小女孩了。你对将来究竟怎么打算的？你怎么养活自己，怎么养活你儿子？”

气氛如此剑拔弩张，眼看压不住了，小樱却好像刚刚提起兴头：“姐，真让你说着了！我怎么养活？我当然养活不了啦！之前我工作也辞了，什么五险一金一概没有，卖咖啡厅的钱一个手术差不多全砸进去了，我怎么办？要不说我聪明呢——我让我儿子去跟他爸、他奶奶要赡养费。你们不是疼儿子、疼孙子吗？我是无所谓啊，可是你们能甘心让他跟着我受苦吗？那可是你家的种！哈。这招儿确实管用，去一次就能要一笔钱！我儿子现在才多大啊，能吃多少用多少？所以我才不愁吃喝呢。”

外国男孩又唱完了一首歌，过来跟我们打招呼，然后俯身在小樱耳边说了句什么，半是逗半是痒，惹得她一阵笑。“他说这杯算他的，请你们。”

酒吧的客人渐渐多了，我们趁机告辞。小樱随着走出来，站在灯光明亮处，才显出变化来——本来隐在婴儿肥里的鹰钩鼻子已经嶙峋地高耸着，鼻梁处一个惊心动魄的折线，鼻尖锋利如锯齿。又或者是为了讨西方人的喜欢，故意夸张了妆容的缘故，总之整个五官都被一种无形的力量拉扯得怪模怪样。

“刚才罗斯在，我说话不方便。”她关好酒吧的门，才好像松了一口气，能说句体己话了，“外国人还是不行，跟咱们隔着心呢！我跟他说 VIP 卡这事，他也不说给我拿点钱出来，只说正好他有顶驻唱费的存酒，给你们一人一瓶——嘁，他说是这么说，可这个酒吧其实就是他亲哥哥开的，什么顶不顶的，还不是不想出钱吗？这要是我老公啊，二话不说就得给钱，肯定说‘宁可咱们吃亏，也不能欠别人的’，农村人嘛，就是死爱面子，你们懂的。所以啊，也不知道跟这个罗斯能在一起多久。不过呢，那个老太婆听说我跟了个外国人，还是唱歌的，当场就疯了，生怕她孙子学坏了、受委屈，出手更大方了。”

她再次举起手指，不过没像刚才那么大动干戈，只是草率地在左胸上“噗噗”地戳了两下。“可是我都这样了，还能图什么呀，有一个就先处着呗！毕竟他是酒吧老板的弟弟，这个酒吧怎么着还不得给他点分红？所以这瓶酒啊你们就先拿着，我就不信我这边靠着个老公，那边靠着个酒吧，还不能东山再起了？等我发达了，别说是 VIP 卡了……”

“那是你前夫，不是你老公。哦，谢谢你的酒，VIP 卡的事不用惦记了，好好对你儿子吧，他也是你的种。”大姐打断了小樱的滔滔不绝，头也不回地走了。

自此之后，小樱再没有在群里发过消息。她微信朋友圈的状态也不再更新，大概是已经将我们放进了不受欢迎的分组。QQ 头像偶尔亮起，也没人敢点上去聊两句，怕又招来各种怪力乱神的爆炸性消息……小樱送的那瓶酒，转眼在每个人家的酒柜或吧台上放了许多年，谁也没想过去打开它，正如谁也不愿意回想在酒吧散去的那个夜晚，我们怀抱着这瓶酒时沉甸甸的心情……

总 有 一 句 歌 词

L y r i c

打 湿 你 心

H e a r t

////

图书在版编目（CIP）数据

总有一句歌词打湿你心 / 十三著 . — 杭州 : 浙江文艺出版社，2015.7

ISBN 978-7-5339-4239-7

Ⅰ . ①总… Ⅱ . ①十… Ⅲ . ①故事—作品集—中国—当代 Ⅳ . ① I247.8

中国版本图书馆 CIP 数据核字（2015）第 113639 号

责任编辑 闻艺
特约监制 辛海峰 范筱薇
特约编辑 张梦
封面设计 @_ 叁囍

总有一句歌词打湿你心
十三 著

出版 浙江文艺出版社 Zhejiang Literature & Art Publishing House
地址 杭州市体育场路 347 号 邮编 310006
网址 www.zjwycbs.cn
经销 浙江省新华书店集团有限公司
印刷 北京鹏润伟业印刷有限公司
开本 710 毫米 ×1000 毫米 1/32
字数 183 千字
印张 10
版次 2015 年 7 月第 1 版 2015 年 7 月第 1 次印刷
书号 ISBN 978-7-5339-4239-7
定价 36.80 元